수평선
너머에서

김성우 단장집

# 수평선
# 너머에서

초판 1쇄 인쇄  2023년 9월 15일
초판 1쇄 발행  2023년 9월 20일

지은이  김성우
펴낸이  박현숙

펴낸곳  깊은샘
등  록  1980년 2월 6일(등록번호 제2-69호)
주  소  04315 서울 용산구 원효로80길 5-15 2층
전  화  02-764-3018
팩  스  02-764-3011
이메일  kpsm80@hanmail.net

김성우 단장집

# 수평선
# 너머에서

"어릴 적
모래성을 쌓던 바닷가에서
수평선 너머에 무엇이 있다는 것을
알아 버리고 돌아온 옛 소년은
세상에서 주워 온 우화들을
조가비처럼 진열할 것이다."

– 김성우 지음
『돌아가는 배』에서

## 모랄리스트의 신풍을 위하여

1.

세상이란 어떤 곳인가, 인간이란 어떤 것인가, 나는 누구인가.

만인(萬人)의 만문(萬問)에는 만답(萬答)이 있다.
정답이 없는 질문을 우문이라고 한다.

세상은 있기 나름이 아니라 생각하기 나름이다.
세상은 자기 바깥에 있는 것이 아니라 자기 안에 있다.
나 없이 세상은 없다.

나는 평생 생각했다.
나는 하루 한 줄씩 생각하고 하루 한 줄씩 일기처럼 썼다.

2.

누군들 생각하지 않으랴.

생각하는 방법이 다르고 표현하는 양식이 다를 뿐이다.
세상은 정면으로 쳐다보면 태양을 쳐다보듯 보이지 않는다.
"누이의 어깨 너머 누이의 수틀 속의 꽃밭을 보듯 세상은 보자." [서정주, 「학」]

다면체인 세상은 평면적인 채색으로는 그려지지 않는다.
무수한 색점들을 병치시킨 인상파의 점묘 화법으로 세상의 인상을 스케치한다.

단편(斷片) 속에 전경(全景)이 있다.
단답 속에 명답이 있다.

3.
문약의광(文約意廣)이라 하고 미언대의(微言大義)라 한다.
글은 간략하되 뜻은 넓고, 말은 미미하나 뜻은 크다.
글이 짧을수록 생각은 길다.
"정확한 것은 짧다." [조제프 주베르, 『팡세』]

시를 산문으로 쓴다.
산문을 시보다 짧게 쓴다.

아포리즘 형식은 인삼 엑스 같아서 물을 타지 않으면 입에 쓰다.

4.

태초에 단장(斷章, fragment)이 있었다.

탈레스 등 소크라테스 이전의 고대 그리스 사상가들은 모두 단장 작가였다.

인류의 원초적 사색들은 1, 2행짜리 단장으로 기록되었다.

『구약성서』의 「잠언」이나 「전도서」의 잠언들도 단장 형식이다.

동양에서는 공자도 노자도 소크라테스 이전의 사상가들이었고, 『노자』가 단장집임은 물론, 『논어』 등 제자백가서가 모두 단장의 보고다.


5.

내가 라로슈푸코를 발견한 것은 나의 신대륙이었다.

몽테뉴의 『수상록』 이후 파스칼의 『팡세』로 이어지는 프랑스의 모랄리스트(Moraliste) 문학은 특히 라로슈푸코의 『잠언과 성찰』에서 주로 짧은 잠언 형식으로 만개되었고, 이것이 라브뤼예르, 보브나르그, 샹포르, 주베르 등으로 계승된다.

모랄리스트 문학은 인간의 본성과 심리와 습속을 예리하게 분석·탐구하여 신랄한 풍자와 현란한 수사로 극도로 응축·조탁된 간결하고 함축 있는 문장 속에 표현한다.

인간론·인생론의 잠언들과 함께 포르트레(Portrait)라 하여 작자 자신 등 여러 인물들을 소묘하면서 인간 일반의 성격 묘사를 하는 것이 특징이다.

고대 그리스에서 로마에 이른 단장의 전통이 인간을 재발견한 르네상스와 함께 재발견된 것이다.


6.

"프랑스의 대작가들은 다소간에 다 모랄리스트다." [발레리]

프랑스의 영향으로 구미의 다른 나라들에도 모랄리스트는 산재한다.

우리나라에는 모랄리스트의 문풍이 없다.

이 단장집은 우리나라 모랄리스트의 신풍을 위한 한 모형이다.

욕지도 '돌아가는 배'에서

김성우

# 차례

제1부

짧은 생각들

# 1. 사람 같은 사람을 본 사람 있거든 손들어 보아라

### I-1

인간은 파이($\pi$), 신은 루트 파이($\sqrt{\pi}$).

### I-2

신은 신이 있느냐 없느냐를 알 능력을 인간에게 주지 않았다. 신은 인간이 신의 정체를 파악하도록 내버려두지 않을 것이다.

### I-3

하늘은 스스로 돕는 자를 돕고, 하나님은 스스로 믿는 자를 믿는다.

### I-4

신이 있다고 믿는 너에게는 신이 있다.
신이 없다고 믿는 너에게는 신이 없다.
네가 신을 알면 신도 너를 안다.

네가 신을 모르면 신도 너를 모른다.


I-5

컴퓨터가 처음 개발되었을 때 아이젠하워가 컴퓨터로 가득한 방에 들어가 컴퓨터에 "신이 있느냐?"라는 질문을 입력시켰다. 기계들이 동시에 불을 번쩍거리더니 한참 만에 "이제는 있다"고 대답했다.

컴퓨터가 신이라는 말이다.


I-6

컴퓨터가 신이다.

신이 있다면 초대형 컴퓨터일 것이다.

우주에 지구 덩어리만 한 초대형 컴퓨터가 있다면 하나님처럼 지구상의 미물 하나하나, 온 우주의 별 하나하나를 다 관장하지 못하겠는가.

사람이 컴퓨터도 만드는데 신이 어찌 스스로 그런 큰 컴퓨터일 수가 없겠는가.

컴퓨터의 발명은 신을 발견시켰다.


I-7

모든 종교는 다 미신이다.

I-8

종교는 지팡이다. 귀의(歸依)하는 것이다.


I-9

신을 믿는 것은 우연을 믿는 것이다.
신에 대한 신앙은 우연을 바라는 기도다.


I-10

하늘을 거역하기가 얼마나 힘든지는 천장에 못을 쳐보면
안다.


I-11

하나님의 강림이 언제냐고 물으려거든 차라리 시계포에
줄지어 걸린 수리 중의 시계들에 현재의 시간을 물으라.


I-12

천당을 찬미하는 교인들은 왜 한시라도 빨리 천당에 갈 생
각을 하지 않는지 궁금하다.


I-13

"천국에 혼자 있다면 이보다 더한 고통이 있을까." [괴테,
『잠언시』§42]
하늘에 혼자 계시는 하나님은 자살이라도 하고 싶을는지

모른다.

### I-14

하늘에 계신 하나님은 천재다.
어떻게 그 많은 사람의 얼굴들, 그 많은 동물과 식물의 모양들을 하나하나 창안해낼 수 있었을까.

### I-15

천지를 창조한 하나님은 예술가요 특히 위대한 드라마 작가다.

### I-16

하나님께서는 신문을 안 보십니까.

### I-17

하나님은 술 마실 줄을 알까.

### I-18

하나님이 만든 것 중에 가장 잘 만든 것은 죽음이다.
죽음을 고안해내지 못했으면 인간을 다스릴 수 없었을 것이다.
죽음이 없었으면 아무도 하나님을 믿지 않았을 것이다.

I-19

인간은 어지럽히고 신은 수습하는 것이 아니라,
신이 어지럽히고 인간이 수습한다.


I-20

한 인간 속에 전 우주가 있다.


I-21

사람을 정의해 보아라.
국어 사전에서 가장 정의하기 어려운 낱말이 '사람'이다.


I-22

모든 인간은 위선자다.
왜 동물들처럼 당당히 빨가벗고 다니지 못하는가.
짐승만도 못한 인간들.


I-23

사람의 얼굴은 가면이다.
사람이 가면을 얼굴에 대면 그 가면이 그 사람의 진면(眞
面)처럼 보이는 것은 이 때문이다.


I-24

돌보다도 쇠보다도 더 질긴 것이 사람의 살갗이라지만, 살

갖보다 더 질긴 것이 사람의 본성이다.

2천 년도 훨씬 전 헤로도토스의『역사』나 사마천의『사기』
에 나오는 인물들의 인간성은 현대인의 인간성과 똑같다.
모세의 십계명이 지금도 유효한 것은 인간의 본성이 하나
도 달라진 것이 없기 때문이다.

**I-25**

산사 근처의 외딴 곳에 아틀리에를 짓고 사는 어느 화가의
말이,

"사람이 가장 그립고 사람이 가장 무섭다".

**I-26**

비둘기는 사람을 무서워하지 않아 평화의 새라고 한다.
사람을 무서워하지 않으니 얼마나 무서운 새인가.

**I-27**

로빈슨 크루소가 무인도에서 사람 발자국을 발견하고 깜
짝 놀란 것은 사람이 반가워서가 아니라 사람이 무서워서
였을 것이다.

**I-28**

세상에 나와서 사람 같은 사람을 본 사람 있거든 손 들어보
아라.

I-29

사람 사는 세상에서 사람이면 다 사람인가.
인간으로서의 함량이 모자라는 인간도 인간인가.
사람 같은 사람이 없는 세상도 세상인가.


I-30

김시습(金時習)은 "우연히 세상 사람들 밖의 사람을 만났네(偶逢人外人)"라고 했지만[「열대사가 오대산에 놀러 가는 것을 보내며」(送悅上人遊五臺山)], 나는 언제 인외인(人外人)을 만나랴.


I-31

생물도 무생물도 아닌 바이러스가 있는 것처럼 인간도 비인간도 아니면서 바이러스 같은 사람이 있다.


I-32

공자의 사상을 한 마디로 요약하면 인(仁) 한 자다.
인(仁)이란 글자를 해자하면 인(人)이 둘, 곧 인인(人人)이란 말이요, 인인(人人)은 바로 사람은 사람다워야 한다는 뜻이다.


I-33

모든 사람은 장애인이다.

모든 것이 정상인 사람을 만나본 적이 없다.

## I-34

싱거운 사람도 있고 짠 사람도 있다지만 간이 맞는 사람은
드물다.

## I-35

세상은 삶은 달걀에 묻은 달걀 껍질 씹히듯 거슬리는 사람
들 천지다.

## I-36

바다가 보고 싶듯 바닥이 깊어 닿지 않는 사람을 보고 싶다.

## I-37

시간 안 맞는 시계 같은 사람이 있다. 무용한 것이 아니라
유해한 것이다.

## I-38

칸트가 "생각하면 생각할수록 우리를 경탄케 하는 것은 저
밤하늘의 별들과 인간 마음속의 도덕률"이라더니[『실천이
성비판』], 참으로 사람들은 손닿는 데 도처에 칼이 널려 있
는데도 불쑥 쳐들고 남을 해치거나 자해할 생각을 않으니
신기하다.

I-39

생각할수록 또 신기한 것이 있다.

두 젓가락은 절대로 서로 꼿꼿이 서지 못하는데 사람은 두 다리만으로 마음대로 걸어 다니니.

I-40

세상에 있으나 마나 한 사람은 없다. 장기판에서 한 장기 말을 한 번도 손대지 않았다고 해서 그 말이 있으나 마나였던 것은 아니듯.

I-41

세상에 꼭 필요한 사람은 대영웅도 아니고 대학자도 아니고 벽돌공이나 대장장이가 아니겠는가.

I-42

핵이라든가 전염병 바이러스라든가 눈에 보이지도 않는 미물에 쩔쩔매면서 거인연하는 오만한 인간들.

I-43

"의지란 눈 뜬 절름발이를 업고 가는 힘센 장님"이라면[쇼펜하우어, 『의지와 표상으로서의 세계』 2의 19],

욕망이란 눈먼 장님을 업고 가는 힘센 절름발이.

그러나 인간은 의지와 욕망을 함께 업고 가는 눈먼 절름발이.

**I-44**

나는 모르겠다.

인류의 생명이 바다에서 탄생하여 진화된 것이라면, 아직도 바다는 있는데 왜 새로운 생명이 계속해서 바다에서 태어나지 않고 있는지, 왜 새로운 인간이 생식에 의하지 않고도 자꾸 탄생하여 진화되어오고 있지 않은지, 당신은 알는지 모르지만 나는 모르겠다.


**I-45**

수백억 년 전에 우주의 어느 별에서 떨어져 나온 운석 하나가 지구 가까이에서 폭발하면서 지구상의 사람들이 많이 다쳤다.

그 돌은 인류가 생기기 훨씬 전부터 지구를 향해 날아오고 있었다. 그 돌이 날아오고 있는 동안 지구에서는 생명이 처음 탄생해 인류로 진화하고 있었다.

허허, 너무나 허망한 인류의 역사여.


**I-46**

인간은 하나님의 장난감이다.

인간이 없으면 하나님은 심심할 것이다.


**I-47**

인간이 가장 잘 만든 것은 신이요,

신이 가장 잘못 만든 것은 인간이다.

성경 말씀에도 "하나님이 사람 만든 것을 한탄하시고"라고
했다. [『구약성서』 창세기 6:6]

**I-48**

당신이 조물주라면 인간을 어떻게 설계하겠는가.

## 2. 시간은 정직한 사기사

**II-1**

시간은 정직한 사기사. 정확한 시간에 안 속은 사람 없다.

**II-2**

개체는 길고 전체는 짧은 것, 시간.

**II-3**

시간은 고무줄이다.

사람의 일생은 순식간인데 이것을 수십 년으로 늘어뜨리는 시간은 마법사다.

**II-4**

열둘밖에 칠 줄 모르는 기둥 시계가 영원을 헤아린다.

**II-5**

세월은 일기보다 빠르다. 부지런한 일기가 쫓아가지 못한다.

벽에 걸린 달력을 보면 대개 지난달 치가 걸려 있다.

## II-6
음악을 듣고 있으면 한 음 한 음은 세월이 가는 소리다.

## II-7
해가 바뀐다는 것은 평소에 잊고 있던 세월의 흐름 소리를 귀담아듣는 일이다.

## II-8
시간은 청개구리. 빨리 가라면 천천히 가고 천천히 가라면 빨리 간다.

## II-9
무용한 시간은 저항한다. 일부러 버리는 시간은 더디 간다.

## II-10
시간의 속도는 용도에 비례한다.

서두르는 시간은 빨리 가고 느긋한 시간은 천천히 간다.

평균 수명이 길어진 현대인의 바쁜 생활이 인생을 오래 사는 것 같지만 짧은 수명을 유유자적한 고인들이 더 오래 살았다.

**II-11**

바쁘다면서 자꾸 시계를 보는 것은 시간 낭비다.

**II-12**

시간이란 만들어지는 것이다.

시간을 만들어 써라.

**II-13**

시간도 죽는다.

시간을 영원히 죽이는 영약은 죽음이다.

시간을 임시로 죽이는 묘약은 수면이다.

시간을 잠시 죽이는 독약은 술이다.

**II-14**

뉴턴이 끓는 물에 달걀 대신 집어넣은 회중시계는 어떻게
되었을까.

(시간을 끓이면 어떻게 될까.)

**II-15**

인간이 완전히 평등한 것은 시간 앞에서뿐이다.

**II-16**

세월을 더디 보내고 싶은 사람은 은행에 돈을 맡겨라.

시간에 이자가 넉넉히 붙을 것이다.

## II-17
시간이 나를 떠메고 가는 것인가, 내가 시간을 떠메고 가는 것인가.

## II-18
버스 안의 텔레비전 화면이 터널 속에서 일시 정지 상태가 되듯이 현재의 순간을 멈추게 할 수는 없을까. 파우스트의 소원처럼.

## II-19
천 년 전인 서기 1000년 무렵에 씌어진 『겐지모노가타리(源氏物語)』에는 "천 년 후에는"이란 말이 나온다.
그때는 천 년 후가 영원이었을 것이다.
지금 나는 그 영원의 끝에 와 있다.

## II-20
일회용 비닐장갑에 물이 들어가서 말린다. 얇은 비닐이 물기로 찰싹 붙어 안이 잘 마르지 않는다. (그러니 말려서 쓰지 말라고 일회용인 것이다.) 하루 이틀은커녕 몇 달이 걸려도 마를 것 같지 않다. 영원히 말리면 마를 것인가. 그러고 보면 영원도 비닐장갑 하나 마르는 시간밖에 안 된다.

**II-21**

10년도 100년도 지나고 보면 길이는 같다.

근산(近山)도 원산(遠山)도 멀리서 보면 다 같은 거리이듯이.

**II-22**

종묘상에 가서 매실 묘목을 물으니 철이 좀 지났다면서 내년 봄에 심으라고 한다.

종묘상은 내년이 마치 내일인 것처럼 말하지만 내게는 내년이 몇십 년 뒤 같다.

**II-23**

지금 이 시간에 어느 바다에서는 여객선이 가고 있을 것이고 어느 하늘에서는 여객기가 날고 있을 것이다.

지금 이 시간에 어느 병원에서는 한 목숨이 숨을 거두고 있을 것이고 어느 산실에서는 한 목숨이 태어나고 있을 것이다.

공간이 다르다는 이유만으로 지금 이곳의 시간은 저곳의 시간과 동시성이 없다.

**II-24**

벽에 삐뚜름하게 걸린 시계는 아무리 정확하게 가더라도 그 정확성에 신뢰가 가지 않는다.

## II-25

수십 년 전에 스위스에서 산 오메가 손목시계를 오랜만에 끄집어냈더니 하루에 2분쯤 빨리 간다. 시계점에 가서 수리를 하려니까 수리공이 "비싼 시계 공연히 뜯지 말고 그냥 차시오" 한다.

시간을 수리하지 않을 줄 아는 수리공이 명수리공이다.

## II-26

아침마다 수동 손목시계의 밥을 준다.

시간을 굶기지 않기 위해 시간에 밥을 준다.

시간도 허기지면 움직이지 않는다.

## II-27

세상을 만든 것은 조물주이지만 세상을 움직이는 것은 시간이다.

빨랫줄의 빨래를 말리는 것은 햇볕이 아니라 시간이요, 논밭의 곡식을 익게 하는 것은 날씨가 아니라 시간이요, 여행에서 목적지까지 가게 하는 비행기가 아니라 시간이요, 사람의 병을 낫게 하는 것은 약이 아니라 시간이요, 인생을 죽음에 이르게 하는 것은 병이 아니라 시간이다.

## II-28

무한한 공간의 영원한 침묵이 파스칼을 전율시켰듯이 [『팡

세』§206] 내가 두고 갈 영원이 나를 전율시킨다.

수백억 년 전에 있었던 우주의 빅뱅(Big Bang)은 내게는 바로 내가 태어나기 직전의 일이다.

수백억 년 후에 있을 우주의 빅랩(Big Rab)은 내게는 내가 죽으면 그 직후에 닥칠 일이다.

내가 없었던 수백억 년이나 내가 없을 수백억 년의 시간은 내게는 순간이나 다름없다.

내가 없을 동안의 수백억 년의 세월이여, 그 끝이 언젠가는 닥쳐올 것이 아닌가. 내가 시간을 의식하지 않고 있으니 오히려 순식간에 닥쳐올 것이 아닌가. 그 생각이 나를 전율시킨다. 그 우주의 끝 날, 생각을 잃어버린 나는 어디 있을 것인가.

## 3. 인생은 "우짤 것고"이다

**III-1**

인생은 난문(難問)이요, 일생은 부답(不答)이다.

인생을 배워 나오는 사람 없고 인생을 다 배워 돌아가는 사람 없다.

**III-2**

인생은 살아가는 법을 배우기 위해 일생을 사는 것이다.

인생 자체 속에 인생의 목적과 방법이 있다.

**III-3**

인생은 산보다.

어디로 가는 것이 목적이 아니라 걷는 것 자체가 목적이다.

**III-4**

인생을 알 만한 나이가 되면 노망이 들어 있다나.

### III-5

사람의 일생은 끊임없는 퇴고(推敲)다.

평생 동안 매일 고쳐 쓰고 고쳐 쓰고 한다.

### III-6

존재(Sein)는 영원한 당위(Sollen).

산다는 것은 영원한 의무다.

### III-7

인생은 책임 없는 책임이다.

사람은 자기가 원해서 태어난 것도 아닌데 왜 자기 인생을 책임져야 하는가.

사람이 태어나면서 우는 것은 그 책임 없는 책임을 우는 것이다.

### III-8

인생은 복권이다.

### III-9

자서전이 한 권 될 만한 인생을 살지 않은 사람은 아직 태어나지 않은 사람이다.

**III-10**

인생이 두 개 있으면 누구나 한 번은 자살하고 싶을 것이다.

**III-11**

인생에서 큰 위기를 모면한 것은 운명한테서 한 수 물린 것이다.

**III-12**

인생이란 때때로 이리도 목이 메는 것.

**III-13**

자기 인생을 잘못 살면서 남의 인생을 훈수하는 사람들이 많다.

**III-14**

인생을 자동차의 초보 운전자처럼 운전하는 사람이 있다. 멀리 보지 않고 코앞만 본다.

**III-15**

안개 속으로 오르는 산길은 앞이 보이지 않기 때문에 오히려 덜 힘들고 덜 지루하다.
인생은 미래가 안 보이기 때문에 덜 지겹다.

**III-16**

경주는 결승점 너머까지 경주로가 있는 듯이 질주해야 하고, 인생은 죽음 너머에도 인생이 있는 듯이 살아가야 한다.

**III-17**

인생이란 가끔 장미 가시에 찔려 죽기도 하는 것이다.

**III-18**

손녀처럼 어렸던 시절의 증조모님 사진을 보고 있는 조모님.

**III-19**

인생의 곡조는 유행가의 한 소절.

**III-20**

인생은 기다림이다.
어부의 아내가 바다로 나가 돌아오지 않는 남편을 기다리듯, 사람들은 속절없는 기다림으로 일생을 살아간다.

**III-21**

처음인 것에는 관용이 베풀어진다.
모든 인생은 다 초행이므로 심판의 날에 심판이 너그러우리라.

### III-22

세상살이가 참 고단하다고, 이 고단한 것이 없으면 세상살이가 재미없을는지 모른다고, 서정주 시인이 내게 말했다. 나이가 드니 이 세상에 더 사는 것이 옳은지 저세상에 빨리 가는 것이 옳은지 잘 모르겠다고, 연극인 이해랑 선생이 내게 말했다.

### III-23

사람의 일생은 A-E-I-O-U.
인생이 어릴 때는 A(아) 발음 때의 입 모양처럼 크게 벌어졌다가 차츰 E(에)-I(이)-O(오)로 오므라들면서 늙으면 U(우) 발음 때의 입 모양처럼 닫힌다.

### III-24

인생에서 실수와 후회를 빼고 나면 인생은 마이너스가 된다.
실수와 후회도 인생에 보태라.

### III-25

인생은 심판의 오심 때문에 패배한 운동선수처럼 분해 울고 싶은 때도 있는 것이다.

### III-26

파리의 뤽상부르 공원에는 가을이면 넓적한 마로니에 낙

엽이 소 눈물처럼 뚝뚝 떨어진다. 인생은 그런 굵은 울음을 울고 싶은 때도 있는 것이다.

**III-27**

상관의 전속 기사처럼 남의 인생을 운전하는 인생도 인생이다.

**III-28**

인생은 오해다. 오해끼리의 대결이다.

**III-29**

바다는 길 없는 길이다.
인생의 길은 바다의 길이다.

**III-30**

인생은 항해, 이따금씩 멀미도 하는 것.

**III-31**

인생은 아슬아슬하다.
인생은 곡예다.

**III-32**

인류의 역사를 통틀어 인생을 가장 현명하게 산 사람은 누구일까. 누가 있을까.

## III-33
"문체는 그 사람"이라지만, 인생도 문체가 있고 인생마다
그 문체가 다르다.

## III-34
아침에 산에 오르는데 화창한 가을 날씨다. 일기예보는 오
후에 비가 온다고 했지만 이런 청명한 날에 비라니.
그러나 오후가 되니 금방 하늘이 흐려지기 시작하더니 과
연 비가 온다. 이런 급작스런 날씨 변화는 얼마든지 있을
줄 알면서도 사람들은 맑을 때 비를 쉽사리 믿지 않는다.
인생은 이런 설마에 속으며 살아가는 것이다.

## III-35
인생은 별것 아니다.
사람들은 인생을 너무 심각하게 생각한다.

## III-36
한 사람의 일생은 인류의 전 역사다.
그 사람이 태어나기 전이나 죽은 후에는 인류에 대해 알 바
없는 것이다.

III-37

세상은 극장이요, 인생은 연극이라고 했다.
인생을 잘 살려면 스스로 연출력과 연기력이 있어야 한다.

III-38

요즘 사람들은 대부분 병원에서 태어나 병원에서 죽는다.
사람의 일생은 결국 병원에서 병원으로 가는 길이다.

III-39

모파상의 『여자의 일생』[제6장]에서 잔과 아버지의 대화.
"인생이란 언제나 즐겁기만 한 것은 아니군요."
"어쩌겠니, 애야. 우리로서는 어쩔 도리가 없는 거지."

통영의 시내버스 안에서 두 할머니끼리의 대화.
"오대 가노?"
"벵언 간다."
"와?"
"허리가 아파 꼼짝 몬 하겄다. 인자 다 살았는갑다."
"우짤 것고."
맞다. 인생은 "우짤 것고"이다.
사람이 인생을 어쩔 것인가, 속수무책이다.

### III-40

세상에서 가장 긴 순간은 사람의 일생이다.

### III-41

묘비명에 씌어진 출생 연대와 사망 연대를 읽는 시간보다
인생은 짧다.

### III-42

인생은 요술이다.

사람의 일생은 그 짧은 순간을 머리카락 쪼개듯 수백만분
의 1로 쪼개어 사는 동안 인생은 길다고 착각한다.

### III-43

인생은 초저속의 슬로모션으로 찍은 영상에 속아 사는 것
이다.

실제의 인생은 훨씬 속사(速寫)의 시간일 것이다.

그렇지 않고서야 지나고 나서의 인생이 그렇게 짧을 수 있
겠는가.

### III-44

인생의 길이는 0.000……1mm다.

시간으로는 환산할 수 없다.

**III-45**

인생의 세월이 짧다고?

그러나 세월은 성경책 한 권을 다 읽고 나도 남고, 세계를 한 바퀴 다 돌고 나도 남는다.

**III-46**

인생이 어찌 짧다고만 할 것인가.

한 달이 지나고 또 한 달이 지나고…… 여든 평생이면 근 천 개의 보름달이 지나간다.

그 천 개의 보름달을 한 줄로 줄 세워보아라.

**III-47**

입원한 어머니가 심한 고통 속에서 "무엇 하러 세상에 태어나 이 고통을 겪는고" 하셨다.

대관절 사람은 무엇 하러 세상에 태어나나.

**III-48**

여름밤 모기 한 마리의 윙 하는 소리에 인생의 무상을 느낀다.

**III-49**

인간은 도깨비다. 인생은 도깨비의 일생이다.

**III-50**

인생은 거짓말이다.

거짓말처럼 허망하다.

인생은 진실도 아니고 사실도 아니다.

**III-51**

인생이란,

친구 생일잔치에 다니다가

친구 결혼식에 다니다가

친구 부모 장례식에 다니다가

친구 자식 결혼식에 다니다가

친구 장례식에 다니는 과정이다.

## 4. 왼손처럼 살아라

**IV-1**

모든 사람에게 인격이 있듯이 모든 사람에게 살아가는 생격(生格)이 있다.

**IV-2**

연필로 써라. 세상에는 지워야 할 일 투성이다.

**IV-3**

옷을 넉넉하게 입으라. 마음도 넉넉해질 것이다.
호주머니 없는 옷을 입으라. 소유욕이 사라질 것이다.

**IV-4**

미끄러운 길에서는 미끄럼을 타거라.

**IV-5**

아무리 찾아도 안 보이는 것은 두었다 찾아라.

숨바꼭질의 술래처럼 아무도 안 찾으면 제 발로 기어 나올 것이다.

**IV-6**

찾는 사람에게 보이지 않는 것은 찾지 않는 사람에게 보인다.

**IV-7**

문이라면 열리리라.
절대로 안 열리는 문은 없다.
어딘가에 열쇠를 쥔 문지기가 있을 것이다.

**IV-8**

너무 가까이 있지 말라.
멀리 있는 것이 그리운 것이다.
거리가 멀수록 마음은 가깝다.

**IV-9**

세상에는 관계대명사 같은 사람이 있다. 자기 스스로는 아무 가치도 없으면서 사람끼리의 연계가 되어 주는 사람이다.

**IV-10**

어느 향나무 목공의 말이, 향나무는 살아 있으면 아무 가치가 없다고 한다. 죽어서 5년은 지나야 재목으로 쓸 수가 있다고. 살아 있는 나무를 샀다가는 공연히 이자만 물게 된다나.

죽고 나서 가치가 있는 사람의 이름은 향나무처럼 향기롭다.

## IV-11

바보 중의 바보는 사람을 볼 줄 모르는 바보.

## IV-12

조언을 남에게 하기는 쉬워도 자기에게 하기는 어렵다.

곤경에 처했을 때는 남이 같은 처지일 때 무어라고 조언할 것인가를 생각하고 그 조언에 따르라.

## IV-13

무심하여라.

우물물을 길을 때 두레박을 무심코 던져야지 유심히 던지면 두레박이 나자빠지면서 심술을 부린다.

## IV-14

동그란 정제약은 어쩌다 바닥에 떨어지면 넘어지지 않고 저절로 또르르 굴러간다. 그러나 일부러 굴리면 절대로 쉽게 구르지 않는다.

자신을 일부러 굴리지 말고 그냥 세상에 저절로 떨어진 듯이 세상을 굴러라.

**IV-15**

바람에 날리는 밀짚모자가 도저히 바로 설 것 같지 않는 테를 외바퀴로 하여 쓰러지지도 않고 모로 돌돌돌 잘도 구르듯 세상을 굴러갈 재주는 없을까.

**IV-16**

인생을 가득 채우지 말라. 여백 있는 인생을 살아라.

**IV-17**

간약(簡約)하게 살라고 한다.

공중목욕탕에 어떤 남자가 나타나더니 옷을 훌훌 벗어 옷장에 넣지도 않고 탈의실 평상 위에 던져 놓고는 탕 안으로 들어간다. 잠깐 사이 남자는 목욕을 마치고 나와 몸을 수건으로 닦지도 않은 채 대형 선풍기를 틀어 잠시 말리더니 몇 개안 되는 옷가지를 얼른 챙겨 입고는 얼굴에 화장수를 바른다거나 머리 빗질을 한다거나 하는 법도 없이 나가버린다.

참으로 간결한 사람이다.

**IV-18**

원터치로 살아라.

젓가락으로 음식을 뒤적거리지 않고 단번에 집듯이.

**IV-19**

지금 내게 무엇이 없는가.

있는 것이 중요한 것이 아니라 없는 것이 중요한 것이다.

**IV-20**

보도블록 사이에 낀 잡초를 뽑아 보니 왼손으로 뽑는 것이 오른손보다 훨씬 쉽게 뽑힌다.

힘이 덜 들어가기 때문이다.

그런데도 사람들은 오른손처럼 능하게만 살려고 한다.

왼손처럼 서투른 듯 살아라.

**IV-21**

왼손처럼 살아라.

왼손이 저지른 잘못은 없다.

**IV-22**

거름을 뿌린 밭에는 잡초가 더 무성히 자란다. 잡초를 뽑아 밭에 덮는다. 거름 먹고 자랐으니 거름이 되라.

사람은 누구나 사회의 거름을 먹고 자랐으니 사회의 거름이 되라.

**IV-23**

생활의 생기를 찾으려거든 새벽 어시장으로 가보라.

**IV-24**

프라이할 달걀을 깨듯, 소심하게 그리고 대담하게.

**IV-25**

단단하거나 달달하지만 말고, 담담하고 당당하라.

**IV-26**

신입 사원에게 잘 보여라. 언젠가는 지위가 뒤바뀔 사람이니.

**IV-27**

누구든 언젠가는 반드시 내 역경에서 다시 만날 사람처럼 호의로 대하라.

**IV-28**

아무 것이나 자세히 알려고 하지 말라.
무엇이든 자세히 들여다보면 세균이 우글거린다.

**IV-29**

묻는 것이 배우는 것이라지만 너무 꼬치꼬치 묻지 말라. 선생님에게도 의사에게도.
그들은 당신을 피해 다닐 것이다.

**IV-30**

지지 않으려거든 경쟁을 하지 말라.

경쟁을 하면 누군가에게는 반드시 진다.

**IV-31**

어떻게 세상을 사는 것이 잘 사는 것인가.

세상에 태어나지 않은 것보다 태어나기를 참 잘했다는 생각이 들도록 사는 것이 잘 사는 것이다.

**IV-32**

세상에 나와서 누구를 만난 것이 제일 반가웠는가. 가족인가, 친구인가, 애인인가.

만나서 너무나 반가운 사람이 있었다면 세상에 나오기를 잘한 것이다.

**IV-33**

일기를 쓰는 것은 인생을 두 번 사는 것이다.

지난날의 일기로 읽는 인생은 그 당시의 인생보다 아름답다.

**IV-34**

오늘이 연말인 듯이 살아라.

연말은 사람을 용서하고 싶고 베풀고 싶다.

## IV-35

매일 아침이 새해 아침이다.

하루를 한 해 같이 살아라.


## IV-36

하루를 잘못 쓰는 사람들이 많다.

하루를 경영할 줄 모르는 사람이 어찌 일생을 경영하겠는가.


## IV-37

사람의 일생은 하루보다 더 길 것도 없다.

하루를 더 산다는 것은 한 일생을 더 사는 것이다.


## IV-38

3천 년 만에 한 번씩 열린다는 반도(蟠桃) 복숭아를 맛볼 수 있은들,

봄과 가을의 한 철이 각각 8천 년씩이라는 대춘(大椿) 나무와 같이 늙은들,

그 긴 시간도 지나고 보면 하루보다 더 길지 않을 것이다.

## 5. 세상에는 형용사가 너무 많다


**V-1**

세상은 엉망진창이다.


**V-2**

내 마음대로 안 되는 세상이다.

세상이 내 마음대로 된다면 얼마나 재미없는 세상이겠는가.


**V-3**

한 개인과의 충돌은 모든 것을 내 탓으로 돌리면 자기 평화를 얻을 수 있다.

그러나 세상과의 충돌은 내 탓으로 돌리기가 어렵고 그래서 분노를 참기도 어렵다.


**V-4**

이 비인(非人)들의 세상에서 나 혼자 비인이 되지 않기란 여간 힘든 일이 아니다.

**V-5**

세상을 경멸하는 사람에게는 세상이 언제나 내 편이 아니다.

**V-6**

세상을 가장 잘 산 사람은 누구일까.
아마도 돈키호테이거나 로빈슨 크루소일 것이다.
세상은 멀쩡한 정신으로는 잘 살기가 어렵고 다른 사람과
함께 잘 살기도 어렵다.

**V-7**

세상에는 사람이 너무 많다. 언제 이 많은 사람들과 다 사
귀나.
하루 종일 길을 다녀도 아는 사람을 한 사람도 못 만나는
날이 대부분이다.
니체는 고향의 조그만 시골 마을에서 큰 도시로 나왔을 때
서로 모르는 사람이 많다는 데 놀랐다.

**V-8**

한때 그토록 친했던 사람들이 차츰 모르는 사람이 되어가
고 있구나.

**V-9**

인간세는 참으로 소소하구나.

꽃이나 피고 짐에 일희일비함이여.

## V-10

세상에는 형용사가 너무 많다. 많아야 할 것은 동사인데도.

## V-11

세상에는 어딘가 안 아픈 사람 없다.

## V-12

넓은 무대에 혼자 남게 된 단역배우처럼 넓은 세상에서 안
절부절못하는 사람들.

## V-13

페널티킥을 막는 골키퍼처럼 온 세상을 혼자 책임진 것 같
은 사람들.

## V-14

정지 신호에 수십 대의 차가 멈춰 선 횡단보도를 혼자 열병
하듯 천천히 걸어갈 때의 우쭐함으로 세상을 살아가는 사
람들.

## V-15

시장을 봐다 놓은 주방의 식료품들을 보면 인생이 측은해

진다. 닭 다리며 조기 새끼며 양파며…… 쯧쯧, 먹고 살겠
다고…… 저런 것들을 먹고 부득부득 살아 보겠다고……

## V-16

욕실의 수건걸이가 떨어져 수리공을 부르면 그런 일로는
오지 않는다고 한다.
수리 가게를 찾아가 보면 그들은 바둑을 두고 있다.
그렇다면 이 세상 수건걸이는 누가 고치나.

## V-17

상대방이 자꾸 멀쩡한 입가를 닦고 있으면 당신의 입가에
무엇이 묻었다는 말이다.

## V-18

마려움은 괴로운 쾌락이다.

## V-19

분하고 분한 것은 오해다.

## V-20

카메라가 아무리 흔해도 사진관은 있는 것이다.

**V-21**

헤어지면서 절대로 뒤돌아보지 않는 것은 다시 만나고 싶어서다.

**V-22**

사람은 자기 자신에게조차 질투한다. "옛날에는 예뻤는데……" 하면 아주 듣기 싫다.

**V-23**

누군가가 보고 있다.

욕지도에서 한 경찰관의 말이 "집들이 띄엄띄엄한 섬에서는 아무도 안 보는 것 같아도 누군가가 어디에선가 다 보고 있다"고 했다.

**V-24**

우연은 이따금 필연보다 더 필연적일 때가 있다.

**V-25**

나쁜 소문은 메르스(MERS·중동호흡기증후군)처럼 공기로 전염되고 메르스보다 더 빨리 전파된다.

**V-26**

모든 기회는 시내버스 오듯이 온다.

급히 서둘러 정류장에 달려가 보면 내가 탈 버스가 막 떠나가고 있다. 그것도 연거푸 또 한 대가 떠나고 있다.
저렇게 연달아 가버렸으니 다음 차는 어느 세월에 오려나.

## V-27

기다림은 항상 희롱당한다.
버스 정류장에서 차를 기다리며 이번에 오는 버스는 틀림없이 우리 집 방향의 버스일 것이라는 것을 나는 알고 있었다.
과연 우리 집 방향의 버스가 온다.
어떻게 알았느냐.
내가 이때 버스를 기다리고 있었던 것은 우리 집 방향으로 가기 위해서가 아니라 다른 방향으로 가기 위해서였기 때문이다.

## V-28

혼자 걷는 발걸음은 빠르다.

## V-29

사람이 혼자 오래 살면 자기 자신이 두 사람이 된다.

## V-30

고독은 아름다워라. 섬이 아름답듯이.

**V-31**

사람은 애정을 끊을 때 외로운 것이 아니라 애정이 남아 있을 때 외롭다.

**V-32**

세계의 종말은 가스레인지에 냄비를 얹어둔 채 시장에 나갔다가 교통사고로 죽은 독신자의 부엌에서 시작될 것이다.

**V-33**

어느 친구가 "세상에는 왜 소욕 가진 사람들뿐이냐"고 개탄한다.
꿈이 대욕이다. 꿈을 가져라.

**V-34**

꿈은 끌어주고 추억은 밀어준다.

**V-35**

꿈은 맛있다. 맹물만큼 맛있다.

**V-36**

자면서 꾸는 꿈은 항상 일인칭이다. 나 없는 꿈은 없다.

**V-37**

나이 들어 꿈을 깨고 나면 소소한 노욕들이 고개를 들게 된다.

**V-38**

공자는 "시를 공부하지 않으면 담장을 마주 보고 서 있는 것과 같다"고 했지만[『논어』 양화], 꿈과 낭만이 없는 사람 앞에서도 면장(面墻)하는 것 같다.

**V-39**

산문정신뿐 시정신이 없는 사람을 속물이라고 한다.

**V-40**

핸드폰은 속물들의 필수품이다.
속물들이 세속과 교신하기 위한 것이다.

## 6. 누구에게서도 사랑받지 못할 사람은 아무도 없다

**VI-1**

사람이 사랑을 하면 ㅁ(미음)이 ㅇ(이응)이 된다.

**VI-2**

사랑은 동물적이다. 동물들은 다 사랑할 줄 안다.
사람이 다른 동물과 다를 수 있는 것은 사랑하지 않을 수
있는 데 있다.

**VI-3**

사랑은 죄다. 사랑하는 것은 무엇이든지 그것으로부터 무
언가의 벌을 받기 쉽다.

**VI-4**

사랑은 눈 먼 것. 상대애 대한 오해 없이는 사랑할 수 없다.

**VI-5**

사랑은 병이다. 사랑한다는 것은 병을 일부러 사는 일이다. "예루살렘 여자들아, 너희에게 내가 부탁한다. 너희가 나의 사랑하는 사람을 만나거든 내가 사랑하므로 병이 났다고 하려무나." [『구약성서』, 아가 5:8]

**VI-6**

스트레스로 치면 사랑만 한 스트레스도 없다.

**VI-7**

사랑은 아프다.
치통이 아프다지만 그보다 더 아픈 것이 사랑의 아픔이다.

**VI-8**

사랑 가운데서도 제일 아픈 사랑은 짝사랑이다.
사랑이 아름답다지만 제일 아름다운 사랑도 짝사랑이다.

**VI-9**

짝사랑의 상사병으로 죽은 남자의 무덤을 그가 짝사랑하던 여인이 찾아와 "나도 당신을 사랑했어요." 하고 고백할 때. 이것이 사랑의 극치다.

**VI-10**

세상에서 가장 순수한 사랑은 짝사랑하는 것이요, 세상에서 가장 미운 사랑은 내가 사랑하지 않는 사람이 나를 한사코 짝사랑하는 것이다.

**VI-11**

맞사랑은 동물적인 것이고 짝사랑은 인간적인 것이다.

**VI-12**

사랑하는 사람이 아픈 것은 자기가 아픈 것보다 더 아프다. 그 사람을 얼마나 사랑하는지를 알려면 그 사람이 아플 때 자기가 얼마나 아픈지를 알면 된다.

**VI-13**

아프지 않은 사랑도 없지만 슬프지 않은 사랑도 없다.

**VI-14**

사랑의 뒷면은 질투다.
한 이성을 자기가 사랑하고 있는지 않는지를 알려면 그 이성에 대해 질투심이 있는지 않는지를 알면 된다.

**VI-15**

인생의 가장 큰 가치는 무엇인가. 부인가, 명예인가.

진실로 뜨거운 사랑 하나를 얻었으면 그것이 부나 명예를 얻은 것보다 덜 값진 것인가.

## VI-16
사랑한다는 말 한마디 없이 서로를 평생 사랑하는 사랑도 있는 것이다.

## VI-17
세상에 나서 사랑하고 싶은 사람의 손 한 번 잡아보지 못하고 그냥 가는가.

## VI-18
세상에는 누구에게서도 사랑받지 못할 사람은 아무도 없다.

## VI-19
찾을 때 없는 것이 가장 필요한 것이다.
그리울 때 없는 사람이 가장 사랑하는 사람이다.

## VI-20
사랑은 만유인력의 하나다.

## VI-21
그러나 샤갈의 그림을 보아라. 사랑은 무중력이다.

**VI-22**

애정 없이 아름다운 것은 없다.


**VI-23**

연애하는 사람은 철학하는 사람.


**VI-24**

사람이 혼자서는 절대로 만들지 못하는 것이 있다. 아기,
그리고 사랑.


**VI-25**

사랑은 부자유다. 사랑을 해도 불편하고 사랑을 받아도 불
편하다.

진정한 자유인은 사랑을 하지 않는다.


**VI-26**

사랑이 곧 행복인 것도 아니다.

"행복한 사람은 자신이 사랑받고 있는 줄을 모른다"고 하
고[어느 라틴 시인],

"행복한 사람은 사랑할 줄을 모른다"고 한다[루소].


**VI-27**

누구도 사랑하지 않고 아무것도 좋아하지 않는 상태가 열

반이다.

## VI-28
사랑하지 말라고 한다.
사랑이 없으면 죄도 고통도 불안도 욕심도 걱정도 미움도
없다고 한다.
사랑하지 않으면 바람 한 점 없는 바다처럼 고요하다.
세상의 모든 파란은 사랑 때문이다.

## VI-29
사랑하라고?
미운 사람은 미워하라.

## 7. 행복은 천장이 있지만 불행은 바닥이 없다

**VII-1**

"사람은 결코 스스로 생각하는 것만큼 행복하지도 않고 불행하지도 않다"는 라로슈푸코의 잠언을 믿으면[『잠언과 성찰』 §49],

행복한 사람은 불행해지고 불행한 사람은 행복해진다.

**VII-2**

행복은 생각하기에 달렸다.

지금 이 시간에 누군가가 심하게 흔들리는 비행기나 배를 타고 있다는 생각을 하면 땅을 디디고 있는 이 행복감.

**VII-3**

행복은 천장이 있지만 불행은 바닥이 없다.

**VII-4**

빈자의 불행은 부자의 불행만큼 불행하지 않다.

**VII-5**

가난의 즐거움.

가난한 가정에서의 조그만 즐거움은 부잣집의 큰 즐거움보다 더 즐겁다.

그 즐거움이 어찌 부잣집에서 돈으로 살 수 있는 즐거움이겠는가.

**VII-6**

가난한 사람은 가난할수록 평등하고 부자는 부자일수록 불평등하다.

**VII-7**

사람들은 남을 돕기 위해서가 아니라 남의 도움을 받지 않기 위해 부자가 되고 싶어 한다.

**VII-8**

창의력 없이 큰 부자가 될 수 없다.

부자는 극히 수학적인 것 같지만 시적 상상력 없이는 대기업인이 되지 못한다.

**VII-9**

상술은 마술이다.

"이런 것 봐요, 이런 것!" 하면서 창밖으로 지나가는 행상을 내다보지 않을 사람은 없다.

## VII-10
돈을 모으는 데는 수학이 부정확하다.
부자가 물건을 도매로 사들여 돈을 절약한다고 해서 가난한 사람이 흉내내면 절약이 되는 것이 아니라 낭비가 되어 더 가난해진다.

## VII-11
돈은 주조된 자유다,
사람들이 악착같이 돈을 벌려고 하는 것은 그 돈으로 자유를 사기 위해서다.
그러나 돈벌이는 자유를 판 대가다.
자유의 희생없이 돈을 벌 수 없다.

## VII-12
자유에 필요한 이상의 돈은 자유를 구속한다.

## VII-13
세상에서 귀한 것은 비싼 돈으로만 살 수 있는 것이요, 세상에서 더 귀한 것은 돈으로도 살 수 없는 것이다.

**VII-14**

당첨 확률이 8백만분의 1이라는 로또 복권의 행운을 바라는 사람은 확률이 몇백만분의 1인 희귀한 재난의 불운도 바라는 사람이다.

**VII-15**

매주 5천 원짜리 복권을 사지 않는 사람은 매주 가만히 앉아서 적어도 5천 원씩을 버는 사람이다.

그는 복권 용지에 번호만 찍고는 사지 않고 기다렸다가 그 번호가 당첨이 안 되면 쾌재를 부른다. 상금 5천 원의 복권에 당첨된 것이나 마찬가지이기 때문이다.

**VII-16**

밥을 굶어보지 않은 사람은 진짜 밥맛을 모른다.

**VII-17**

배부를 때 밥 한 숟가락을 더 먹기가 얼마나 힘드는지를 알고 나면 배고픈 사람에게 밥 한 숟가락이 얼마나 큰 요기가 되는지를 알게 된다.

**VII-18**

내 땀에 젖지 않은 지폐는 마른 낙엽처럼 바람에 쉽게 날아간다.

**VII-19**

내일 갚겠다는 사람보다는 모레 갚겠다는 사람에게 돈을 빌려주어라.

**VII-20**

돈이 세상을 돌고 도는 것이 아니라 세상이 돈 둘레를 돌고 돈다.

**VII-21**

돈은 칼이다. 가장 날카로운 칼이다.
모든 관계를 가장 잘 끊는 칼은 돈이다.

**VII-22**

돈도 고이면 썩는다.
큰돈을 기부한 어느 할머니 말이, "돈도 우물물처럼 자꾸 퍼내야 새 물이 자꾸 고인다"고.

**VII-23**

돈에 인색한 사람은 사랑에도 인색하다.

**VII-24**

지갑에 항상 빳빳한 새 돈을 넣고 다녀라. 돈을 헤프게 쓰지 않을 것이다.

**VII-25**

맥주 한 병을 사기 위해 이웃 가게를 두고 1백 원이 더 싼 길 건너 먼 가게로 한참 걸어서 간다. 1백 원을 아끼는 것이 무슨 절약인가.

그러나 단돈 1백 원이라도 뻔히 절약할 수 있는 줄을 알면서 절약하지 않는 것은 낭비다.

아낄 수 있는 돈은 아껴라. 아낄 수 없는 돈은 아끼지 말라. 적은 돈을 아끼는 것은 큰돈을 아끼지 않기 위해서다.


**VII-26**

"내 어찌 오두미(伍斗米) 때문에 향리소아(鄕里小兒)에게 허리를 굽힐소냐" 하며 팽택령(彭澤令)의 관직을 버리고 고향으로 돌아와 버린 도연명(陶淵明). 그가 만년에는 곤궁하여 먹을 것을 빌면서 남의 집 문을 두들기기도 했고 그 때문에 수모를 당하기도 했다.

상관에게 허리 굽혀 굶지 않는 비굴이 굶지 않기 위해 이웃에 머리 숙이는 비굴보다는 차라리 배라도 부른 비굴이 아니겠는가.


**VII-27**

감투가 떨어져도 태연한 사람은 감투를 씌워줄 만한 사람이다.

**VII-28**

정명(正名)이 있듯 정위(正位)가 있다.

제 이름이 있듯 제 자리가 있다.

이빨에 묻은 고춧가루가 보기 흉한 것은 제자리에 있지 않기 때문이다.


**VII-29**

높아질수록 부자유스러운데 사람들은 왜 자꾸 높아지려고 하나.


**VII-30**

상층에게 노블레스 오블리주(noblesse oblige)가 있다면 하층에게는 바세스 오블리주(bassesse oblige)가 있다.

상층은 상층으로서의 의무가 있듯이 하층은 하층으로서의 의무가 있다.

상층이 하층을 무시해서는 안 되는 것이 노블레스 오블리주라면 하층이 상층을 무시해서는 안 되는 것이 바세스 오블리주다.


**VII-31**

명예란 물 위에 쓴 이름이다.

**VII-32**

나의 명예가 다치는 것만큼 남의 동정을 못 받는 것은 없다.

**VII-33**

명예는 얼굴에 있다.
사람은 빨가벗겼을 때 밑을 가리지 않고 얼굴을 가린다.

**VII-34**

제 이름(명성)처럼 생긴 사람은 많지 않다. 그래도 가끔은
있다.

**VII-35**

명예를 훼손시키겠다는 협박에 굴복하는 것은 스스로 명예
를 훼손하는 일이다.

**VII-36**

천재는 천재를 시기하지 않는다.

**VII-37**

천재에 선천적인 반감을 가진 사람이 둔재다.

**VII-38**

모든 천재는 천치이기도 하다.

천재성이 없는 천치는 있어도 천치성이 없는 천재는 없다.

**VII-39**

천재에게는 모든 잘못을 용서받을 특권이 있다.

**VII-40**

천재는 천재를 알아보고 현인은 현인을 알아보지만 바보는
바보를 못 알아보고 미치광이는 미치광이를 못 알아본다.

**VII-41**

그 사람이 재주 있는 사람인지 아니지를 쉽게 판별하는 방법
이 있다.

재주 있는 사람을 알아주는 사람은 재주 있는 사람이고 재
주 있는 사람을 무시하는 사람은 재주 없는 사람이다.

**VII-42**

천재는 예술을 창작하고 범인은 아이를 창작한다.

**VII-43**

머리 나쁜 사람들은 머리 좋은 사람이 세세하다고 흉본다.
머리가 나빠 자기가 세세하지 못한 줄을 모르고.

**VII-44**

골프장에서 골프 실력으로 그 사람의 모든 다른 능력을 평가해버리는 사람들이 있다. 골프 외는 다른 실력이 없는 사람들이다.

**VII-45**

재승박덕(才勝薄德)이라지만, 큰 재능은 큰 개성이요, 큰 개성은 후덕할 수 없다.

**VII-46**

어떤 사람이 진짜 수재냐.

수재 학교로 이름난 한 고등학교에서 모든 과목이 100점 만점인 한 수재 중의 수재가 있었다. 이 수재가 어쩌다 어느 학기 시험의 한 과목에서 한 문제를 틀려버렸다. 그는 밤중에 학교 담을 넘어 교무실에 창을 깨고 들어가서는 서랍 속의 그 틀린 답안지를 살짝 고쳐놓고 나왔다고 한다.

사람들은 웃겠지만 나는 이 수재의 수재성에 박수를 보낸다.

## 8. 모든 부모는 자식에게 죄인이다

### VIII-1

어머니의 치맛자락은 눈물 닦는 손수건.

### VIII-2

숟가락을 엄지손가락으로 쓱쓱 문대 닦는 할머니의 손은
깨끗하다.

### VIII-3

모든 사람은 한 번쯤 출가하고 싶을 것이다.
모든 사람은 한 번쯤 고아이고 싶은 때가 있었을 것이다.

### VIII-4

아들은 깡패처럼 키우고 딸은 공주처럼 키워라.

### VIII-5

부모는 자식 앞에 약하다지만, 부모를 강하게 만드는 것이 자식들이다.

아무리 놀라운 일이라도 견딜 수 있는 사람만이 자식의 부모가 될 수 있다.

### VIII-6
훌륭한 자식을 낳기 위해 태어난다는 것도 태어날 훌륭한 이유가 된다.

### VIII-7
어린 자식 하나쯤 자기를 훨훨 날려 버리지 못하게 하는 매인 끈이 있는 것도 좋다.

### VIII-8
갓 스무 살의 사랑하던 아들이 백혈병으로 숨을 거두자 "못난 자식!" 하면서 죽은 자식의 뺨을 힘껏 때리고는 눈물 한 방울 보이지 않고 병실을 나가버리던 내 이모님의 모정.

### VIII-9
주민등록등본을 떼어 보니 어머니 이름이 없다.

노모를 잃으니 허전하기가 젖꼭지 떼인 아기와 같다.

세상에 즐거운 일도 많은데 어머니가 안 계신다. 세상에 괴로운 일도 많은데 어머니가 안 계신다.

어머니가 안 계신 세상은 아무것도 없는 세상이다. 어머니

배 속에서 태어나기 전의 세상이다.

## VIII-10
꼭 자기 같은 자식을 갖고 싶은 부모가 몇이나 될까.

## VIII-11
자기를 보완하기 위해서가 아니라면 자식은 무엇 때문에 낳나.

## VIII-12
자신을 때리고 싶을 때 자식을 매질한다.

## VIII-13
저녁이 되어 자기 집이라고 꾸역꾸역 찾아오는 자식들을 보면 공연히 측은해진다.
집이 뭐길래.

## VIII-14
길거리에서 우연히 누구를 만나는 것이 가장 반갑겠는가.
그 사람이 자기와 가장 친한 사람이다.
그 사람은 부모도 아니고 친구도 아니고 자기 자식이다.

**VIII-15**

자식이 못났다고 해서 그 자식을 나무랄 권리는 어떤 부모에게도 없다.

자식을 못나게 낳은 것은 부모 자신이다.

**VIII-16**

자기 자식을 잘 기르는 것은 자기 부모에 대한 효도다.

**VIII-17**

요즘 시대에 며느리의 남편을 자기 자식으로 착각하는 멍청한 부모들이 많다고 하더라.

**VIII-18**

"어머니는 무슨 필요가 있기에 나를 맨든 것이냐!" [오장환, 「향수」]

부모는 무모하다.

자식이 언제 부모에게 자기를 낳아달라고 요구한 적이 있었는가.

부모는 자식에게 물어보지도 않고 자식을 낳아놓고는 효도를 강요한다.

부모가 자식을 양육하는 것은 자신의 무모에 대한 일종의 속죄다.

## VIII-19

부모의 은혜라고? 천만에.

태어나면서부터 죽음을 향해 인생의 고해를 건너야 하는 자식들에게 모든 부모는 죄인이다.

부모는 자신이 평생 동안 죽음을 두려워하면서 평생 동안 죽음을 두려워할 자식을 왜 꾸역꾸역 낳는가.

## VIII-20

가정의 평화 없이 세계의 평화는 무의미하다.

## VIII-21

형제간이나 친구 간에는 허물이 있어도 그 허물이 눈에 보이지 않아야 한다.

자기에게 아무리 잘못해도 조금도 섭섭하지 않는 사이가 형제간이요 친구간이다.

## VIII-22

"친구는 또 하나의 나"라고 한다.[제논]

진정한 내 친구는 나밖에 없다.

## VIII-23

공자는 "나 같지 않은 사람은 친구로 삼지 말라(毋友不如己者)"고 했는데[『논어』 위령공], 나 같은 사람이 나 말고 또 있는가.

## VIII-24
자기의 모든 비밀을 털어놓을 수 있는 친구가 참된 친구다.
그러나 그런 친구 가진 사람이 몇이나 있겠는가.

## VIII-25
평생 사귄 친구가 어느 날 하찮은 일로 등을 돌린다.
처음부터 친구가 아니었던 것이다.

## VIII-26
사람은 절교할 때를 보면 그 사람과 절교하기를 잘했는지
잘못했는지를 안다.

## VIII-27
친구는 없다.
친구를 속속들이 아는 친구는 없다.
친구를 잘 모르면서 잘 알려고 하는 친구도 없다.

## VIII-28
친구의 전기를 쓸 수 있을 만한 친구가 진정한 친구다.

## VIII-29

당신과 내가 당대에 같이 살고 있는 동시대인이라는 것은 큰 인연이다.

## VIII-30

같은 시기에 같은 장소에서 같은 상황에 처해지면 모두 친구가 된다.
그렇다면 이 세상의 모든 동시대인이 왜 친구가 아니겠는가.

## VIII-31

누구에게든 다시는 못 만날 사람처럼 대하라.

## VIII-32

사귀어서 조금도 마음 상하지 않을 사람은 고인밖에 없다.

## VIII-33

아무리 외워도 도무지 외워지지 않는 외국어의 어떤 단어처럼, 아무리 만나고 또 만나도 친해지지 않는 사람이 있다.

## VIII-34

어쩌다 한 번 서로 인사할 기회가 없었다는 이유만으로 평생 남남인 사람들.

**VIII-35**

새벽 산책길에 낯선 사람끼리 나누는 아침 인사는 신선하다.

**VIII-36**

바람결에 스치는 나뭇잎 끝에 귓속말이 들리듯, 잠시 스치는 사람에게서도 꽃가루 같은 정(情) 냄새가 난다.

**VIII-37**

주위 사람들로부터 지탄받는 사람이 나에게 호의를 베풀 때 나는 그 호의를 어떻게 받아들여야 하나.

**VIII-38**

왕년의 상사에게는 왕년의 부하가 영원한 부하는 아니지만, 왕년의 부하에게는 아무리 지위가 바뀌더라도 왕년의 상사는 영원한 상사다.

**VIII-39**

깨끗한 거울이나 고요한 수면처럼 조금도 거친 것이 없는 면이 모든 것을 반영하듯이, 조금도 사기(邪氣)가 없는 명경지수(明鏡止水)의 사람에게는 모든 사람의 진면목이 반영된다.

## 9. 억만 년 전에 나는 어디 있었던고

**IX-1**

세상에 단 한 사람밖에 없는 사람이 있다. 나다.

**IX-2**

내가 세상을 위해 있는 것이 아니라 세상이 나를 위해 있는 것이다.

**IX-3**

지구는 태양을 중심으로 도는 것이 아니라 나를 중심으로 돌고 있다.

**IX-4**

두 돌을 갓 지날 무렵의 내 딸이 가끔 "나는 여기 있다"고 중얼거렸다.

철들기 전의 아기에게도 '나'는 있다.

**IX-5**

무명씨의 옛시조가 있다.

"내라 내라 하니 내라 하니 뉘런고

내 내면 낸 줄을 뉘 모르랴

내라서 낸 줄을 내 모르니 낸 둥 만 둥 하여라"

모든 나는 난 둥 만 둥 하다.

**IX-6**

나란 누구인가.

내가 살면 살고 내가 죽으면 죽는 사람이다.

**IX-7**

억만 년 전에 나는 어디 있었던고.

억만 년 뒤에 나는 어디 있을꼬.

**IX-8**

내가 또 하나의 나를 만나면 죽이고 싶어질 것이다.

**IX-9**

제 이름을 자신 있게 부를 수 있는 사람은 이름 있는 사람이다.

### IX-10

I am behind me.

자기 뒤에 자기가 있는 사람, 자기가 자기 뺀인 사람은 위대한 사람이다.

### IX-11

한번 타고난 자신을 개조하는 데는 일생도 모자란다.

### IX-12

나란 스스로를 거름하여 자라는 나무.

### IX-13

개인적인 고민이 있을 때는 세상 돌아가는 뉴스가 듣기 싫다. 내가 없으면 세상은 없는 것이다.

### IX-14

내가 나 같아 보이지 않아지면 내가 나를 떠나는 것이다.

### IX-15

자존심만 있지 자기 스스로를 진심으로 존경하는 사람은 흔치 않다.

**IX-16**

자존심이란 남이 자기를 존경하지 않으니까 자기가 스스로를 존경하는 것이다.

**IX-17**

내 얼굴에 내가 정면으로 침을 뱉을 수 없다는 것은 참으로 다행스러운 일이다.

**IX-18**

사람들은 이따금 자기한테 짜증을 낸다.
자기 말을 이렇게 잘 안 듣는 사람은 처음 본다고.

**IX-19**

사람들은 각자 자기 안에 야당이 있어서 자기를 비판한다.

**IX-20**

내 이름자를 한참 동안 들여다보고 있노라면 내 얼굴을 꼭 닮아 보인다.

**IX-21**

나를 다른 사람과 바꾸어 준다고 하면 바꾸겠다는 사람이 몇이나 될까.

**IX-22**

자기 자신을 책임지지 않는 사람을 책임질 사람은 아무도
없다.

**IX-23**

자기가 어느 정도의 수준인가를 알려면 자기가 상당한 수
준이라야 한다.

**IX-24**

너란 누구냐. 나를 등진 채 나를 바라보는 사람이다.

**IX-25**

남의 고민은 나의 심심풀이다.

**IX-26**

대개의 경우 나의 비극은 너의 희극이다.

**IX-27**

우리 집 지붕에 눈이 쌓였는지 안 쌓였는지를 알려면 이웃
집 지붕을 보라.

**IX-28**

남을 부릴 줄 모르는 사람이 자기 자신을 잘 부린다.

남에게 욕할 줄 모르는 사람이 자신에게 욕을 잘한다.

## IX-29

가학할 줄 모르는 사람이 자학한다.

남을 칭찬할 줄 모르는 사람이 자찬한다.

남과 친할 줄 모르는 사람이 자기와 친하다.

남과 대화할 줄 모르는 사람이 자기와 대화한다.

남을 모르는 사람이 자기만 안다.

## IX-30

사람들은 남을 흉보는 사람을 흉보고 남을 칭찬하는 사람을 칭찬하며 남을 미워하는 사람을 미워하고 남을 좋아하는 사람을 좋아한다.

## IX-31

내가 남을 동정하는 것이 동정을 받기 위해서이듯이,

남을 미워하는 것은 남한테서 미움을 받기 위해서요,

남을 욕하는 것은 남한테서 욕을 먹기 위해서다.

## IX-32

남의 일만 하는 사람들이 많다. 자기 일을 하라.

IX-33

전남 구례의 '우리 회관'이란 식당 벽에 이런 액자가 걸려 있었다.

"남과 같이 해서는 남 이상 될 수 없다."

IX-34

말하는 사람은 자기 이야기를 말하고 싶지만 듣는 사람은 자기 이야기가 듣고 싶다.

IX-35

남이 나를 업신여기거든 나도 나를 업신여겨라.
남이 업신여길 만한 무슨 결함인가가 내게 있는 것이다.

IX-36

모든 '남'은 각자 '나'다.
세상에는 나만 살고 있다.

IX-37

"모든 사람 속에 각자가 있고
각자 속에 모든 사람이 있다." [노발리스,『푸른 꽃』제1부 9장]
모든 너는 나의 분신이다. 너는 남이 아니다.

**IX-38**

넓고 넓은 바다 가운데서도 배끼리 충돌하듯, 이 넓고 넓은 세상에서 나는 너를 우연히 만날 수 있다. 네가 누구이든 간에.

**IX-39**

남이 나를 볼 때는 '너'인데, 나는 언제나 내가 '나'인 줄로만 알고 있다.

**IX-40**

자신에게 화를 내는 사람은 남에게도 화를 잘 낸다.
남에게 너그러우려면 먼저 자신에게 너그러워라.
자신을 용서할 줄 알아야 남을 용서할 수 있다.

**IX-41**

"누구나 자신밖에는 자신을 설명할 수 없다." [헤세 『데미안』]
자신을 기록하라. 자기 인생의 사관(史官)은 자기 자신이다.

## 10. 사기꾼이 대개 대인처럼 보인다

**X-1**

사람을 평가하는 데 가장 유용한 분류법이 있다.
대인이냐 소인이냐이다.

**X-2**

대인은 큰 눈으로 만사를 작게 보는 사람이요,
소인은 작은 눈으로 만사를 크게 보는 사람이다.

**X-3**

소인에게는 모든 것이 큰일이고 대인에게는 아무것도 큰
일이 없다.

**X-4**

대인은 자기가 대인인 줄 모르므로 대인이요,
소인은 자기가 소인인 줄 모르므로 소인이다.

**X-5**

소인을 보고 소인이라고 하는 사람은 대인이 아니다.

대인에게는 아무도 소인이 없다.

**X-6**

소인은 남의 약점을 이용하고 대인은 남의 강점을 이용한다.

**X-7**

소심한 사람이 반드시 소인인 것이 아니요, 대담한 사람이 반드시 대인인 것도 아니다.

대담한 소인도 있고 소심한 대인도 있다.

**X-8**

사람의 크기는 그 사람에게 힘을 쥐여주어 보면 안다.

대인은 힘을 가질수록 더 대인이 되고 소인은 힘을 가질수록 더 소인이 된다.

**X-9**

소인에게는 시간을 줄 일이 아니다.

소인은 시간의 여유가 있으면 그 시간을 십분 악용한다.

**X-10**

소인은 외눈박이다. 두 개의 눈을 갖추기 위해 소인에게는 두 개의 얼굴이 있다.

## X-11

엄격하면 소인이고 관후하면 대인인가.
엄부(嚴父)는 소인이고 자모(慈母)는 대인인가.

## X-12

비천한 사람이라고 소인인 것은 아니고 비천한 사람을 경멸하는 사람은 소인이다.

## X-13

소인에게 복이 있나니, 작은 것에도 만족함이라.

## X-14

군자가 대인이다.
군자냐 소인이냐를 판별하는 아주 간단한 방법이 있다.
"군자는 의(義)를 좋아하고 소인은 이(利)를 좋아한다." [『논어』이인]
정의와 의리를 좇는 사람은 군자요, 자기 이익만 좇는 사람은 소인이다.
의와 이는 어떻게 다르냐. 유명한 정의가 있다.
"자기를 위하는 것이 있어서 하는 것은 이요, 자기를 위하는 것 없이 하는 것이 의다[有所爲而爲者利也　無所爲而爲

者義也].” [남송(南宋) 장식(張栻)]
결국 자기만 생각하는 사람이 소인이요, 전체를 생각하는
사람이 군자다.


## X-15

조심하라. 자기 사리를 위하면서 의리의 사나이처럼 행세
하는 사이비 군자가 있다.
사이비 군자인지 아닌지를 식별하는 가장 쉬운 방법은 그
가 곧으냐 곧지 않으냐이다.


## X-16

씀씀이가 좋은 사람을 보통 “통 큰 사람”이라 하고, 이런 통
큰 사람이 대인처럼 보인다.
그러나 무조건의 선심은 위장된 사욕이지 대의가 아니다.


## X-17

사람들은 대체로 사람을 양심적인 사람이냐 비양심적인
사람이냐로 평가하기보다는 통 큰 사람이냐 아니냐로 평
가한다.
비양심적이더라도 통이 크기만 하면 대인인가.
통 큰 사람같이 보이려면 불의도 눈감아야 한다.
언뜻 대인같이 보이는 사람은 대개 곧은 사람이 아니다.

**X-18**

유심히 보라.

큰길에서는 코끼리처럼 뚜벅 걸음을 하다가도 뒷길에서는 쥐처럼 약빠르고 비겁한 "통 큰 사람"들이 있다.

**X-19**

사기꾼이 대개 대인처럼 보인다.

**X-20**

소인은 모이고 대인은 흩어진다.

연작(燕雀)은 연작끼리 모이지만 대붕(大鵬)은 대붕끼리 모이지 않는다.

**X-21**

자기 패거리를 만들어 거느리는 사람이 언뜻 보기에 대인 같다.

그러나 "군자부당(君子不黨)"[『논어』 술이]이라 군자는 무리 짓지 않으니 패거리 만드는 사람은 소인이다.

**X-22**

범인들은 비범한 사람을 평범화하려고 비범한 노력을 한다.

**X-23**

사나이의 가슴속에는 바다가 출렁이고 있어야 한다.


**X-24**

광활한 황야를 말달리던 영웅들의 대서사시는 어디로 갔나.


**X-25**

로맨티시즘 없는 영웅은 없다.


**X-26**

영웅은 고독이 기른다. 칭기즈칸은 어릴 때 자기 그림자 말고는 따르는 친구가 없었고, 나폴레옹은 유년 시절 운동장 한구석에서 혼자 책을 읽고 있었다.


**X-27**

지구가 좁아지고 거리가 가까워지면서 인류는 점차 왜소화 한다.
세계가 넓을 때는 인간들이 거인이었다.
빽빽한 시루 속에서 콩나물은 야윈다.


**X-28**

군자나 영웅의 시대가 아니라면 새로운 시대의 이상적 인간형은 어떤 것인가.

## 11. 그림자 있는 사람이 되라

**XI-1**

성격이 곧 인격은 아니다.

사람을 성격으로만 판단하지 말고 인격으로 판단하라.

**XI-2**

능력도 인격이다.

무능한 인격자란 없다.

**XI-3**

인격이 텅 빈 사람들과 매일같이 만나야 하는 이 공허한 나날들.

**XI-4**

기름진 사람은 많지만 담백한 사람은 드물다.

## XI-5

바퀴벌레처럼 방향 전환이 빠른 사람을 출세주의자라고 한다.

## XI-6

멧돼지와 총과 비열한 사람 앞에서는 등을 보이면 위험하다.

## XI-7

눈이 눈을 보라.
눈알을 굴리는 사람, 눈알이 흐리멍덩한 사람을 조심하라.

## XI-8

허리를 앞으로 크게 굽히는 사람은 언젠가는 허리를 뒤로 크게 젖힐 사람이다.

## XI-9

왕으로 분장하고 무대에 선 배우처럼 오만한 사람이 있다.

## XI-10

길 가다가 누구에게 길을 물어보면 그 사람의 전 인품을 알 수 있다.

**XI-11**

자신은 조금도 손해 보는 것이 없으면서 남을 이롭게 하는 것이 있다.

예컨대 칭찬.

**XI-12**

인색한 사람은 칭찬에도 인색하다.

그러나 칭찬할 줄 모르는 사람보다 감사할 줄 모르는 사람이 더 인색한 사람이다.

**XI-13**

남을 인색하다고 흉보는 사람은 대개 자기가 인색한 사람이다.

인색하지 않는 사람은 남의 인색이 눈에 띄지 않는다.

**XI-14**

당신의 호주머니 속을 보여 다오. 당신이 어떤 사람인지 말해 주겠다.

**XI-15**

자기를 너무 과신하는 사람은 남에게 신용이 없는 사람이다.

**XI-16**

그림자 있는 사람이 되라.

음영 있는 사람은 뚜렷한 사람이다. 유령은 그림자가 없다.


**XI-17**

몸을 사치하지 않는 사람이 정신적으로 사치스럽다.


**XI-18**

조금도 고마워하지 않아도 조금도 괘씸하지 않을 사람에게 은혜를 베풀어라.


**XI-19**

은혜를 베푸는 사람이 위대한 것이 아니라 은혜를 잊지 않는 사람이 위대한 것이다.


**XI-20**

의리가 있느냐 없느냐를 알려면 은혜를 잊느냐 안 잊느냐를 보면 된다.


**XI-21**

의리 있는 사람은 은혜를 당장 갚지 않는다.

## XI-22

가장 애석한 것은 내가 복수를 해야 할 사람이 죽어 버리는 것이고, 그 다음으로 애석한 것은 내가 은혜를 갚아야 할 사람이 먼저 죽는 것이다.

## XI-23

은혜냐 정의냐. 은혜와 정의가 충돌할 때 어느 쪽을 택해야 하나.

은혜가 의리라면 의리도 하나의 정의인데.

## XI-24

배반당하지 않고 남을 도우기란 얼마나 힘든 일인가.

## XI-25

자기가 하기는 쉬운 일도 남을 돕기는 얼마나 힘든지는 넥타이를 매어주어 보면 안다.

## XI-26

까다로운 사람은 완전주의자다.

그러나 베풀 것을 가지지 않았거든 까다롭지 말라.

## XI-27

완벽주의자가 되지 말라지만 어리석은 자는 완벽주의자가

되지 못한다.

## XI-28

전경을 볼 줄 아는 사람이 되라.

어느 영국 비평가가 괴테를 두고 "전경을 볼 줄 아는 사람"이라고 평했듯이[괴테,『잠언과 성찰』].

## XI-29

관대한 사람은 완전주의자가 아닌 사람이다.

완전한 사람은 관대할 수 없다.

사람이 완전할 수 없다고 해서 불완전이 미덕일 수 없다.

## XI-30

관대함은 대부분 무관심에서 나오는 것이다.

애정이 있어야 관대한 것 같지만 오히려 애정이 없을수록 더 관대하다.

## XI-31

용기 있는 사람은 상상력이 부족한 사람이요, 소심한 사람은 상상력이 너무 풍부한 사람이다.

## XI-32

결벽증은 소심증이다. 소심하므로 결벽이 있다. 소심할수록 때 묻은 것이 눈에 잘 띈다.


**XI-33**

사람의 단점은 장점의 유모다.

그 사람에게 그 단점이 없었으면 절대로 그 장점은 자라지 못했을 것이다. 광기가 조금도 없는 천재는 없듯이.

## 12. 괴로움은 생명의 즐거움

**XII-1**

사람은 부끄럼을 타는 유일한 동물이다.
부끄럼을 잘 타는 사람일수록 인간적이다.

**XII-2**

부끄럼을 잘 타는 사람을 조심하라. 조금만 부끄럽게 해도
크게 분노한다.

**XII-3**

부끄럼을 많이 타는 사람이 의리가 있다.
맹자는 부끄러워하는 마음(羞惡之心)이 의(義)의 시작이
라고 했다. [『맹자』 공손추 상]

**XII-4**

빛보다 빠른 것이 있다. 제 육감.

## XII-5

오래 살려거든 내 미움을 받으라. 출세하려거든 내 미움을 받으라.

저마다 자기가 사랑하는 사람은 일찍 죽고, 자기가 미워하는 사람은 출세한다.

## XII-6

사람만 미운 것이 아니다. 층층이 서는 엘리베이터도 밉다.

## XII-7

미워하지 말아라. 두려워하지 말아라.

무감각하라. 무감정하라.

감정이 없는 상태가 지복의 경지다.

그러자면 몸에서 힘을 빼라. 힘 속에 감정이 들어 있다.

## XII-8

감정만 있고 감성이 없는 사람들이 많다.

## XII-9

고민이 있는 사람은 가까운 앞산을 보지 말고 먼 뒷산을 보라.

## XII-10

감각의 고통보다 감정의 고통이 더 고통스럽다.

몸이 아픈 것보다 마음이 아픈 것이 더 아프다.
몸이 다치는 것보다 명예나 자존심이 다치는 것이 더 쓰리다.

### XII-11
병 중에서 가장 아픈 병은 후회병.

### XII-12
사람들은 흔히 "죽는 것은 겁나지 않는데 죽을 때 많이 아플까 봐 겁난다"고 말한다.
죽음보다 무서운 것이 고통이다.

### XII-13
자기 살을 남이 꼬집으면 아프지만 자기가 꼬집으면 별로 아프지 않다.
그러니 모든 고통은 엄살이 아니겠는가.

### XII-14
사람은 자유나 평화를 오래 견딜 힘이 없듯이 고통이나 고민이 없는 상태도 오래 견디지 못한다. 그래서 자꾸 새 고통, 새 고민을 스스로 만들어낸다.

### XII-15
고통이란 생명의 즐거움이다.

살아 있지 않으면 어찌 아프겠는가.

**XII-16**

괴로움과 슬픔을 괴롭다고만 슬프다고만 생각 말라.
괴로움과 슬픔 없이는 큰 즐거움도 큰 기쁨도 없다.

**XII-17**

노는 즐거움보다는 일하는 즐거움이 더 즐겁다.

**XII-18**

기쁨은 신분이 낮을수록 더 기쁜 것이고,
슬픔은 신분이 높을수록 더 슬픈 것이다.

**XII-19**

웃음은 건강의 바로미터다.
건강하지 않은 사람은 웃을 줄을 모른다.

**XII-20**

최후에 웃는 사람이 가장 잘 웃는 사람이라고?
아니다. 지금 웃는 사람이 가장 잘 웃는 사람이다.

**XII-21**

코미디언의 코미디를 보고 있으면 눈물이 난다.

억지로 웃기려고 쥐어짜는 웃음이 가여워 눈물이 난다.


**XII-22**

웃음은 슬픔을 말려 바람에 날리는 것이고,
울음은 기쁨을 물로 씻어내는 것이다.


**XII-23**

눈물은 상부상조한다.
눈물을 절대로 한쪽 눈으로만 흘리지 않는다.


**XII-24**

피는 물보다 진하다. 그러나 눈물은 피보다 진하다.


**XII-25**

흥청망청한 명절날의 쓸쓸함.


**XII-26**

유명 가수의 노래에 맞춰 뒤에서 춤추는 무명 백댄서들의
슬픈 즐거움.


**XII-27**

세탁기에 들어갔다 나온 양복바지 주머니 속의 손수건처
럼 울상이 되는 사람들.

**XII-28**

신장개업의 축하 화환이 화려하게 늘어선 음식점에 손님이 한 사람도 없을 때.

**XII-29**

우체통에 들어가는 편지를 떠나보낼 때의 아듀(adieu).

## 13. 집에 우리말 사전이 없는 사람을 문맹이라고 한다

### XIII-1

책은 무슨 책을 읽어야 할지를 배우기 위해 읽는 것이다.

### XIII-2

종이만큼 가벼운 것도 없고 책만큼 무거운 것도 없다.
종이만큼 값싼 것도 없고 책만큼 값진 것도 없다.

### XIII-3

같은 물감이라도 무명베에 물들이는 것과 비단에 물들이는 것과는 색감이 전혀 다르듯이,
같은 것을 가르쳐도 배우는 것은 배우는 사람에 달렸다.

### XIII-4

독학은 편식이고 편식은 편견을 낳는다.

## XIII-5

책만 들면 잠이 오는 사람들. 이들을 위해 잠이 있는지는 몰라도 이들을 위해 책이 있는 것은 아니다.

## XIII-6

1년 내내 책 한 권 읽을 것 같지 않은 사람들의 목소리가 가장 큰 세상이다.

## XIII-7

서점에 가면 절망한다. 언제 이 많은 책들을 다 읽나.

## XIII-8

사람이 책을 읽는 것은 자기 당대뿐 아니라 인류의 전 역사를 살기 위해서이고, 자기 혼자서가 아니라 전 인류와 함께 생각하고 싶어서다.

## XIII-9

두 부류의 독서군(讀書群)이 있다. 고전을 주로 읽는 대의파(大義派)와 시사물을 즐겨 읽는 현실파다.
이 독서 성향에 따라 인생관이 달라진다.

## XIII-10

지식 있는 사람보다는 지혜 있는 사람이 되라.

공부는 지식을 통해 지혜를 얻기 위한 것이다.

그런데 공부를 하고도 지혜는 없이 지식만 가진 사람들이 대부분이다.

## XIII-11

박식한 사람이 죽으면 사람들은 그 지식이 아깝다고 한다.

그 지식이 아까울 것 없다. 그 지식은 세상 어딘가에, 또 다른 누군가에게 남아 있다.

그에게 지혜도 있었다면 죽어서 아까운 것은 그 지혜다.

## XIII-12

강기(强記)는 필기(必記)니라. 기억력 좋은 사람이 반드시 메모를 한다.

## XIII-13

머릿속에 책을 송두리째 넣고 뽐내고 다니는 사람이 있다.

넣고 다녀야 할 것은 인덱스(index)인데도.

## XIII-14

사람이 모든 지식을 다 기억할 수도 없고 다 기억할 필요도 없다.

그 대신 누구한테 묻고 어느 책을 뒤지면 해답을 얻을 수 있다는 것은 알고 있어야 한다.

그것이 최고의 지식이다.

## XIII-15

베이컨은 인간의 지적 능력을 세 가지로 나눈다. 기억력, 상상력, 이성력. [『학문의 진보』]
흔히 머리 좋은 사람이라면 기억력 좋은 사람을 말한다. 그러나 상상력에서 창의력이 나오고 이성력에서 판단력이 나오지만 기억력에서 나오는 것은 학교 성적밖에 없다.
학교의 우등생이 사회의 열등생이 되기 쉬운 것은 이 때문이다.

## XIII-16

책도 나이가 드니 말라서 가벼워지는구나.

## XIII-17

묻는 사람에게 허리를 굽혀라. 그 사람이 스승이다.

## XIII-18

자기 집에 우리말 사전이 없는 사람을 문맹이라고 한다.
글자는 알아도 뜻을 모르는 사람이다.

## XIII-19

당신은 우리말 사전을 가지고 있습니까?

우리말 사전은 소화제와 같은 가정의 상비약이다.

**XIII-20**

사전은 한 장이 찢어져도 사전이 아니다.
찾는 것은 바로 그 찢어진 한 장 속에 있다.

**XIII-21**

새 교과서 냄새는 새풀 냄새처럼 향기롭다.

**XIII-22**

학창 시절을 인생에서 괄호 속에 넣고 제해버리는 사람들
이 많다. 학창 시절이야말로 인생의 황금기인데도.

**XIII-23**

여행 특히 외국 여행은 제2의 학교라지만, 책에서 배운 것
이 없는 사람에게는 아무것도 가르쳐주지 않는다.

**XIII-24**

주위의 사람들에 대해 인명사전처럼 모르는 것이 없는 사
람이 있다.
책으로 공부하지 않은 지식이 진짜 지식이다.

**XIII-25**

평생 모은 책이 처치 곤란하여 모조리 기증해 버리는 사람들.
책으로부터의 해방이 얼마나 홀가분할까.

**XIII-26**

펜을 안 가지고 다니는 사람은 생각을 집에 두고 다니는 사
람이다.

**XIII-27**

연필을 발명한 사람은 위대하지만 지우개를 발명한 사람
은 더 위대하다.

**XIII-28**

그러나 지우개를 함부로 쓰지 말라.
데생 교실에서는 화지와 연필만 가지고 오게 하고 지우개
는 출입 금지다.

**XIII-29**

머리 나쁜 사람을 바보라고 한다.
머리가 좋으면서 나쁜 데 쓰지 않는 사람이 더 큰 바보인
세상이다.

XIII-30

머리가 좋다는 말은 전신이 긴장하고 있다는 말이다.

XIII-31

아는 것이 힘이라지만, 아니다. 모르는 것이 힘이다.
무식한 사람이 힘이 세다.
무식한 사람은 떨리지 않는다.

XIII-32

아는 것이 힘이라지만, 아는 것이 짐이다.
시시콜콜 다 알려고 하면 소인배가 된다.

XIII-33

몰라도 되는 것을 아는 불행이여.

XIII-34

지(智)가 우(愚)를 절대로 이기지 못한다.
어떤 꾀도 미련함에는 통하지 않는다.

XIII-35

무지 속에 직관이 있다.
무지한 사람일수록 눈치가 빠르다.

XIII-36

사람들은 대부분 자기 두상의 머리칼 밑에 모낭충이 우글
거리고 있다는 사실도 모르면서 전지자처럼 뻐기고 있다.


XIII-37

머릿속을 너무 가득 채우지 말라.
통풍이 안 되어 곰팡이 냄새가 난다.


XIII-38

지식 위에 상식 있고 상식 위에 양식 있다.
지식 있는 사람도 많고 재주 있는 사람도 많지만 상식 있는
사람은 드물고 양식 있는 사람은 더욱 드물다.


XIII-39

인간은 얼마나 무지한가.
아무도 정답을 모르는 질문들이 인생을 울린다.
- 사람이 얼마만큼 대범하고 얼마만큼 세심해야 하는지,
- 얼마만큼 분노하고 얼마만큼 인내해야 하는지,
- 얼마만큼 엄격하고 얼마만큼 관대해야 하는지,
- 얼마만큼 정직하고 얼마만큼 거짓말을 해야 하는지,
- 얼마만큼 깨끗하고 얼마만큼 세속과 타협해야 하는지,
- 얼마만큼 꼿꼿하고 얼마만큼 굽혀야 하는지,
- 원수를 은혜로 갚을 것인지 복수를 할 것인지,

누구 현자 있거든 대답해 보아라.

## 14. 자식 말고는 아무것도 만들 줄 모르는 사람을 경멸하라

**XIV-1**

혼자 걷는 사람은 생각하는 사람이다.

**XIV-2**

생각이 힘이다.
생각이 세상을 움직인다.
생각을 길러라.

**XIV-3**

생각할 줄도 알아야 하지만 생각하지 않을 줄도 알아야 한다.
생각할 줄 모르는 사람은 생각하지 않을 줄도 모른다.
침사(沈思)할 줄 모르는 사람은 무념(無念)할 줄도 모른다.
사무사(思無邪)만 할 것이 아니라 사무사(思無思)도 해야
한다.

## XIV-4

"아무것도 생각하지 않는 사람의 생애는 가장 즐겁다"고 한다. [소포클레스]

얼마나 많은 망상과 번뇌가 인생을 미망과 절망에 빠뜨리는가.

일부러 생각하지 않는 것은 아예 생각할 줄 모르는 것과는 다르다.

## XIV-5

생각이 짧은 사람은 자기 생각이 짧은 줄을 모른다.

## XIV-6

심사숙고하라지만, "너무 깊이 생각하면 혼란이 생긴다". [『한비자』해로]

공자는 노(魯)나라 대부인 계문자(季文子)가 세 번 생각하고 실행에 옮겼다는 말을 듣고 "두 번이면 족하다"고 말했다. [『논어』공야장]

이규보(李奎報)는 그래도 "세 번 생각하는 것이 가장 적당하다"고 도로 수정했다. [「사잠(思箴)」]

세 번 생각해도 결정이 안 된다면 맨 처음 생각이 가장 신선할 것이다.

## XIV-7

옆으로 안 열리거든 밀어라.

눕힐 수 없거든 세워라.

평면적으로만 생각하지 말고 입체적으로 생각하라.


## XIV-8

남이 머리를 가장 많이 쓴 것일수록 그것을 즐기는 사람의 머리를 가장 잘 식혀준다. 가령 좋은 예술 작품을 감상하는 것. 또는 고수들의 바둑을 관전하는 것.


## XIV-9

창의력 있는 사람을 존경하라.

사람의 능력 중 가장 위대한 능력은 창의력이다.

사람을 평가할 때 창의력이 첫손꼽을 덕목인데도 사람들은 의외로 주목하지 않는다.


## XIV-10

무엇이든 새것을 만드는 사람이 되라.

사람은 세상에 없는 것을 만들기 위해 세상에 태어난다.


## XIV-11

자식 말고는 아무것도 만들 줄 모르는 사람을 경멸하라. 그는 창의력이 없는 사람이다.

**XIV-12**

창의력 있는 창조자는 똑 같은 것을 두 개 만들지 않는다.

천지 만물을 창조한 조물주를 보라.

**XIV-13**

곰곰이 자연의 법칙을 생각해 보면 조물주의 창의력이 참으로 경이롭다.

만유인력을 어떻게 창안했으며 원자의 구조를 어떻게 고안했을까.

**XIV-14**

지혜 있는 사람이 현인이라면 현대의 현인은 아이디어가 있는 사람이다.

**XIV-15**

질문이 많은 사람은 아이디어맨이다.

상상력이 풍부한 사람이 의문이 많다.

**XIV-16**

지도자란 행동이 앞서는 사람을 말하는 것이 아니라 생각이 앞서는 사람을 말한다.

## XIV-17

사고력은 물과 관계가 있다.

목욕탕에서는 생각이 잘 난다.

아르키메데스의 원리가 욕조에서 발견된 것은 우연이 아니다.

사색을 하려거든 바닷가를 산책하라.

## XIV-18

생각은 날개가 있다.

문이 열린 방에서는 생각이 날아가 버린다.

## XIV-19

창의력이 있는 사람은 대체로 스포츠에 서투르다.

스포츠는 기계적인 동작을 강요하기 때문이다.

## XIV-20

스포츠와 음악과 외국어는 상통한다.

스포츠맨은 대개 노래를 잘 부르고 외국어에 재능이 있다.

노래 잘 부르는 사람은 스포츠를 잘하고 외국어를 잘한다.

같은 음악가라도 창의적인 작곡가나 기악 연주가는 대개 노래는 잘 부르지 못한다.

스포츠와 노래와 외국어는 창의력과 관계가 없기 때문이다.

**XIV-21**

수학의 정리나 과학의 법칙은 하나의 잠언이다.

**XIV-22**

학교에서는 그 어려운 수학을 왜 배우는지 가르쳐주는 선생님이 없다.

많은 유명 철학자들이 수학자였다. 데카르트, 라이프니츠, 칸트, 후설, 러셀, 비트겐슈타인.

수학은 사색의 훈련장이다.

**XIV-23**

수학의 로맨티시즘.

수학은 시의 반대어 같지만, 아니다.

"일말의 시정이 없는 수학자는 진정한 수학자가 아니다."
[바이에르슈트라스(독일 수학자)]

**XIV-24**

수학은 미학이기도 하다.

일정한 수식의 수열은 예술이다.

$1 \div 3.3 = 0.303030303030 \cdots\cdots$

$5 \div 3.3 = 1.515151515151 \cdots\cdots$

$11 \div 3.3 = 3.33333333333 \cdots\cdots$

$20 \div 9 = 2.222222222222 \cdots\cdots$

$$111,111,111 \times 111,111,111 = 12,345,678,987,654,321$$

$$\sqrt{4444} = 66.663333\cdots\cdots$$

### XIV-25

학교를 떠나면서 큰 즐거움 하나를 잃었다. 수학 방정식을
푸는 즐거움이다.

### XIV-26

골치가 아플 때는 어려운 수학 문제를 풀어라.
이난치난(以難治難)이다.

### XIV-27

가끔은 머리 속을 청소해야 한다.
좋은 청소 방법의 하나는 시를 읽는 것이다.

## 15. 예쁘다고 뽐내지 말라, 그것이 네가 만든 것이더냐

**XV-1**

예쁘다고 자랑 말라. 미인이라고 뽐내지 말라. 그것은 네 자신의 노력이 아니다.

못났다고 기죽지 말라. 추하다고 부끄러워 말라. 그것은 네 자신의 책임이 아니다.

**XV-2**

힘세다고 재지 말라. 천재라고 우쭐하지 말라.

그것이 네가 만든 것이더냐.

자기가 스스로 만든 것도 아닌 신체 조건을 자만하고 다니는 데 인간의 희극이 있다.

**XV-3**

불구라고 무시하지 말라. 저능아라고 손가락질하지 말라.

그것이 그의 잘못이더냐.

자기가 스스로 만든 것도 아닌 신체 조건을 평생 동안 자신이 책임져야 한다는 데 인간의 비극이 있다.

## XV-4

미인의 얼굴은 가면이다. 자기 스스로가 만든 것이 아니므로.
미인의 얼굴을 빌려주는 가게에서 빌려 온 것이나 다름없
으므로.

## XV-5

같은 유전자끼리는 통신이 있다.

## XV-6

얼굴의 윤곽이 분명한 사람은 사람이 분명하다.

## XV-7

손은 손을 서로 씻고 다리는 다리를 서로 세운다.

## XV-8

사람의 팔은 앞다리다.
팔을 흔들지 않으면 걸음이 빨리 걸어지지 않는다.

## XV-9

머리를 씻었을 때보다는 구두를 닦았을 때 머리가 더 개운
해진다.

**XV-10**

체조 선수가 부럽구나, 제 몸을 제 마음대로 하니.

**XV-11**

건강에 좋다고 하루 종일 운동만 하는 사람은 그 건강을 어디다 쓰겠다는 것일까.

**XV-12**

올림픽경기에서 꼴찌인 저 선수는 자기 나라에서 우승한 선수다.

**XV-13**

축구 경기에서 어시스트가 절묘하여 아무나 골인시킬 수 있는 골이었는데도 골인시킨 선수는 어시스트한 선수를 쳐다보지도 않고 자기만 골 세레머니를 하고 있다. 옐로우 카드의 호르라기를 불고 싶다.

**XV-14**

운동 경기에서 관중들은 무조건 득점수만 가지고 승리를 환호한다.
득점은 적어도 이긴 경기가 있고 이 경기에 더 박수를 쳐야 한다.

**XV-15**

안과의는 대개 안경쟁이이다.

**XV-16**

백내장 수술을 하고나면 보기 좋은 것보다도 보기 흉한 것
이 더 뚜렷하게 보인다.

**XV-17**

눈의 초점이 맞지 않으면 정신의 초점이 맞지 않는다.
관점이 틀리면 판단도 틀린다.

**XV-18**

음악은 청진기다. 음악이 듣기 싫어질 때, 그때 당신의 건강에
이상이 있다.

**XV-19**

약 많은 병치고 잘 낫는 병 있던가.

**XV-20**

이롭기만 하고 전혀 해가 되지 않는 약은 없다.

**XV-21**

손이 자주 가는 곳에 아픈 데가 있다.

## XV-22

어떻게도 도와줄 수 없는 것이 남의 건강이다.

## XV-23

나의 건강은 온 가족의 건강이다.
내가 아프면 온 가족이 아프다.

## XV-24

기력 없는 사람에게는 희망이 없다.
희망을 지탱하자면 기력이 필요하다.

## XV-25

의사는 두통 환자가 가장 큰 두통거리다.
(두통의 원인에는 300여 가지가 있다고 한다.)

## XV-26

어느 신경과 의사가 하는 말이,
"환자냐 아니냐를 판정하는 것은 의사가 아니라 환자 자신
이다"라고 했다.

## XV-27

요즘 병원에서는 기계가 모르는 병은 의사도 모른다.
그럴 바에야 병원에 기사만 있지 의사는 왜 있나.

## XV-28

환자복을 입고 입원실에 누우면 환자같이 보이지 않을 사람은 없다.

## XV-29

몸에 이로운 것은 몸 안에 있는 병균에도 이롭다.

## XV-30

풀에 해로운 것은 사람에게도 해롭다.

## XV-31

몸에 해로운 것에 즐거움이 있다. 술, 담배……

## XV-32

영양분 많은 음식이 몸에 이로운 것이 아니라 맛있게 먹는 음식이 살로 간다.

## XV-33

병마는 자살 특공대다. 육신을 죽임으로써 스스로 죽는다. 죽음은 병마에 대한 복수다. 병마를 죽이기 위해 육신이 죽는다.

## XV-34

병에 걸리니 내가 내 몸에 미안하다.


## XV-35

네게 붙은 몸이라고 네 몸을 함부로 다루지 말라. 그 몸은
네 소유권의 것이 아니다.
네 몸을 종 부리듯 부리지 말라. 상전 모시듯 모셔라.
네 몸에 무례하지 말라. 예의를 갖추어라.


## XV-36

주인의 건강을 위해서는 온 집 안이 동정 파업을 한다.
병원에 가서 대장 내시경 검사를 했더니 용종 두 개를 떼어
내어 조직 검사를 의뢰한다. 젊은 의사가 용종이 아주 크다
고 겁을 준다.
조직 검사의 결과를 기다리는 동안, 집 안에서는 변기가 갑
자기 막혀 물이 빠지지 않고, 부엌의 전자레인지가 고장이
나고, 마루와 부엌 천장의 전등이 나가고, 다용도실 문짝이
잘 열리지 않고, 한 방의 난방이 잘 작동 안 되고, 멀쩡하던
슬리퍼 한 짝이 싹독 토막나 버린다.
검사 결과가 나오기 전날, 수리공들을 다 부른다. 변기를
고치고, 전등을 갈아 끼우고, 문짝을 새로 달고, 보일러 조
절기를 교체한다. 수리공들이 한꺼번에 들이닥쳐 마치 신
축 가옥의 내장 공사 현장 같다. 다른 수리는 그날로 다 끝

났으나 전자레인지만은 담당자가 다음 날 온다고 한다. 고장 일소가 안 되나 보다.

이튿날 아침 병원에 가기 전에 식사를 하면서 전자레인지를 꽂아보니 땡 하고 작동하는 소리가 난다. 이마저 저절로 고쳐진 것이다.

병원에 갔더니 조직 검사의 판결은 "무죄"였다.

## 16. 개개인에게는 각자의 문화가 있다

**XVI-1**

존댓말끼리의 싸움은 오래가지 않는다.

**XVI-2**

"한쪽에만 잘못이 있다면 싸움은 오래 가지 않는다"고 하지만[라로슈푸코, 『잠언과 성찰』§496], 두 쪽 다 잘못이 있다면 싸움은 아예 일어나지도 않는다.

**XVI-3**

원인(遠因)이 멀수록 싸움은 길어지고 근인(近因)이 가까울수록 싸움은 짧아진다.

**XVI-4**

싸움은 대개 고함 소리가 큰 쪽에 잘못이 있다.
그러나 경계하라. 큰 거짓말쟁이는 목소리가 작다.

**XVI-5**

싸움처럼 재미나는 구경도 없다.


**XVI-6**

동족끼리의 싸움이 가장 치열하다.
가족이든 민족이든.


**XVI-7**

사람은 편싸움의 동물이다.
스포츠 경기를 관전할 때도 자기편이 없으면 재미가 없다.


**XVI-8**

자동차와 보행자 사이에 시비가 붙었을 때, 차를 타고 있으
면 차 편이 되고 보행을 하고 있으면 보행자 편이 된다.


**XVI-9**

개개인에게도 각자의 문화가 있다.
개인 대 개인의 다툼은 이 문화의 충돌이다.


**XVI-10**

공격은 그물처럼 받으라.
그물에 던져진 공은 그 자리에 주저앉아버린다.

**XVI-11**

어디로 가나 적은 있다.

적은 어디서나 새로 생기게 마련이다.


**XVI-12**

적이 없는 사람이 큰 적이다.

그는 시시비비가 없는 사람이다.

언제 어느 편이 될는지 모른다


**XVI-13**

"내가 이겼다"는 말은 감격적이다.

그러나 이보다 더 감동적인 것은 "내가 졌다"고 승복하는 말이다.


**XVI-14**

전쟁의 비극은 역사가 되고 나면 재미나는 드라마다.

전쟁만큼 리얼한 드라마는 없다.


**XVI-15**

전쟁은 인류의 유희다.

전쟁만큼 신나는 유희도 없다. 목숨들을 건 유희이므로.

## XVI-16

전쟁이 게임도 아닌데 여러 규칙이 있다는 것은 웃기는 일이다.

## XVI-17

산에서 내려오는데 한 건장한 사나이가 나를 밀치고 지나가는 바람에 기우뚱 쓰러질 뻔했다. 그런데도 그 사나이는 뒤돌아보지도 않고 가버린다. 하도 괘씸해서 이럴 때 어떻게 복수하나 하고 골몰하는 사이 낙엽에 미끄러져 넘어지면서 정강이를 찧어버렸다.
남에게 복수하려고 하면 내가 먼저 복수당한다.

## XVI-18

복수할 원수가 있다는 것은 얼마나 세상을 살맛 나게 하는가.

## XVI-19

힘센 사람은 거짓말을 할 줄 모른다.

## XVI-20

약한 것이 힘이다.
병원 대기실에서 한 젊은 남자가 의자에 앉아 있다가 할머니 하나가 자리를 안쪽으로 좀 비켜 앉으라니까 두말없이 시키는 대로 한다.

무슨 힘이 이 젊은 남자를 움직이게 했는가. 약한 할머니의 힘이다. 힘센 남자가 그랬으면 쉽게 비켜주지 않았을 것이다.

### XVI-21

지하철의 노약자석에 걸인 하나가 다리를 크게 벌린 채 자리를 독차지하고 앉아 있다. 아무도 이 걸인을 보고 비키라고 하지 않는다.

이것이 걸인의 특권이다. 걸인이고 싶어라.

### XVI-22

"약자를 배려하라"고 한다.

약자가 언제나 정의인가.

영악한 약자는 진실한 강자도 쓰러뜨린다.

약자와 꼭 같이 강자도 보호해야 한다.

### XVI-23

강자는 무리짓지 않는다.

약자가 패거리를 만든다.

사람들은 그 패거리들을 강자로 알지만 실은 약자의 무리이다.

### XVI-24

여자 피아니스트의 가녀린 손보다는 남자 피아니스트의

힘센 손이 치는 피아니시모(pianissimo)가 훨씬 부드럽다.
힘없는 약함은 힘 있는 약함보다 덜 약하다.


### XVI-25

힘을 빼라. 강타하려면 힘을 빼라.
싸워서 이기려면 힘을 가지고 힘을 빼라.


### XVI-26

어느 농사꾼이 했다는 말이 있다.
농사일이 너무 힘들다고 말하는 사람을 보고,
"왜 힘든 줄 아시오? 힘이 들어가서 힘든 것이지."

# 17. 대중의 마음은 한 사람의 가슴속보다 좁다

**XVII-1**

힘없는 백성의 힘이 제일 세다.

**XVII-2**

대중의 마음은 한 사람의 가슴속보다 좁다.

**XVII-3**

우중 정치는 어려운 수학 문제의 정답을 다수결로 정하는 것과 같다.

**XVII-4**

민주주의라는 이 대책 없는 유행병.

**XVII-5**

민주주의는 갈수록 국민 자신들에 의해 희롱당하고 있다.

## XVII-6

민주주의의 과오는 국민을 평준화하여 영웅을 말살한 것이다.

## XVII-7

민주주의는 예의가 없다.
일반 대중의 무례와 무도가 얼마나 민주주의를 비천하게 만드는가.

## XVII-8

적격자가 한 사람도 없는 입후보자 중에서 한 사람을 꼭 뽑아야 하는 선거가 민주주의의 맹점이다.

## XVII-9

현군 시대의 태평성대가 그립지 아니한가.
볼테르는 가장 이상적인 정치 형태를 합리적 전제주의라고 했다.

## XVII-10

대중은 책임이 없다. 그러므로 방자하다.

## XVII-11

대통령이 비리나 무능으로 구속되고 탄핵되는 것은 그런

대통령을 잘못 뽑은 국민의 책임이다. 이럴 때 국민은 국민이라는 직위의 사표를 내야 한다.

그런데도 국민들은 아무 자책감 없이 오히려 대통령의 몰락에 환호하고 열광한다.

## XVII-12

민중 독재는 1인 독재보다 더 무섭다.

## XVII-13

민주주의는 3단계가 있다.

제1 단계는 정치 민주주의요,

제2 단계는 경제 민주주의요,

제3 단계는 문화 민주주의다.

민주주의는 문화 민주주의로 완성된다.

문화 민주주의란 전 국민의 문화인화다.

## XVII-14

조국은 조국을 사랑하는 사람을 사랑한다.

## XVII-15

조국을 떠난 사람에게 외국은 계모.

**XVII-16**

한국인은 드라마틱하다. 유난히 드라마를 즐기고 스스로 드라마를 잘 만든다.

텔레비전 드라마가 한국만큼 발달된 나라가 없고 한국인만큼 연기력이 뛰어난 국민이 없다.

이 드라마 기질이 사회를 대결과 분열과 갈등으로 격동시킨다.

한국의 역사는 극적인 역사다. 국민들이 나라가 안정되는 꼴을 못 본다. 항상 드라마의 관객이고 싶고 스스로 드라마의 작자이고 싶고 동시에 출연자이고 싶다.

이것이 한국의 드라마티시즘dramaticism이다.


**XVII-17**

북한을 흉볼 것 없다. 북한의 모습은 우리 민족의 자화상이다. 남한도 저런 환경에 처하면 꼭 저렇게 될 것이다.


**XVII-18**

당신은 어느 시대의 어느 나라에서 태어났으면 싶은가.


**XVII-19**

지도자는 신화가 있어야 한다.

**XVII-20**

권력은 술이다.

권력을 마시고 취하지 않는 사람은 없다.


**XVII-21**

권력에서 물러난 사람은 바다에서 상륙해 힘이 빠진 태풍
같다.


**XVII-22**

자유는 부자유다.

세상에서 가장 부자유스러운 것은 자유다.

사람은 가장 자유스러울 때 가장 부자유스럽다.

자유는 선택을 강요하고 선택은 책임을 강요하기 때문이다.


**XVII-23**

자유는 고독이다.

나의 가장 자유스러운 상태를 남들은 고독이라고 한다.


**XVII-24**

가장 자유스러운 자유는 혼자 있을 때다.

그러나 혼자만 있다면 자유는 필요가 없다.

## XVII-25

바다 없이 섬은 없고, 자유 없이 독립은 없다.

## XVII-26

사람은 자유를 오래 견딜 힘이 없다.

## XVII-27

"자유 아니면 죽음을 달라."고 모든 사람이 외치지만, 그렇게 쟁취한 자유를 대관절 어디에 쓰겠다는 것인가.

무턱 자유를 빼앗아 놓고 볼 뿐, 그저 자유롭고 싶을 뿐, 정작 그 자유의 용도가 분명한 사람은 드물다.

## XVII-28

자유라지만, 줄 끊어진 연이나 밧줄 풀린 빈 배 같은 자유는 무용하다.

## XVII-29

자유의 가장 가치 있는 용도 중의 하나는 창의력의 발휘다.

독립불기의 자유로운 정신 없이는 창의력이 창조되지 않는다.

모든 제약으로부터 해방될 때 창조 정신도 해방된다.

**XVII-30**

자유는 신체적, 정신적 속박으로부터의 해방일 뿐 아니라 전통이나 관습이나 통념으로부터의 해방이기도 하다.

**XVII-31**

남의 자유를 침해하지 않을 줄 아는 사람이야말로 자유인이다.

**XVII-32**

모든 자유가 용인될 수 있어도 자유를 말살하는 자유만은 용인될 수 없다.

**XVII-33**

나의 자유는 남의 자유를 먹고 자란다.
가장 자유스럽고 싶은 사람이 남의 자유를 구속하는 독재자가 된다.
남의 자유를 구속하는 것은 자기가 자유롭고 싶어서다.
독재자야말로 위대한 자유인이다.

**XVII-34**

어린애가 가장 자유스럽다. 그래서 자유인은 어린애 같다.

## XVII-35

자유는 아름답다.

자유는 자연 상태에 가까운 것이고 자연스러운 것은 아름답기 때문이다.


## XVII-36

무소유만 자유인 것이 아니라 무소속도 자유다.

길가에 드러누운 부랑자가 부럽다.

이 철저한 무소유와 무소속.


## XVII-37

자유에 너무 집착하는 것은 한 가지 병이다.

그 때문에 오히려 부자유스러워진다.


## XVII-38

양돈장에서 돼지들이 좁은 칸막이 속에 갇혀 꼼짝달싹 못하고 사육되고 있는 것을   보면 온몸이 몸부림쳐진다. 동물인들 자유를 모르겠는가.


## XVII-39

평등은 평범의 조모다.

평등이 평준화를 낳고 평준화가 평범을 낳는다.

## XVII-40

평등이라 하여 모든 사람에게 동등한 권리를 주는 것은 영
문 글자의 인쇄에서 'i' 자에게 'w' 자와 꼭 같은 폭을 할애
하는 것과 같다.

## XVII-41

법은 미련하다.
능글맞게 깐죽거리며 약을 올려 상대방을 화나게 만드는
사람은 무죄요, 홧김에 주먹부터 한 대 날리는 사람은 유죄
라니.

## XVII-42

성질이 급한 사람치고 선량하지 않은 사람은 별로 없다.
사악한 사람은 대개 성질이 느긋하다.

## XVII-43

변호사들을 거짓말 교사죄로 처벌하라.

## XVII-44

판사는 피고인의 거짓말을 탐지하는 것이 주업무인데 이
판사가 변호사가 되면 피고인에게 거짓말을 교사하는 것
이 주업무가 된다.
이 자기 모순에 양심의 갈등을 느끼는 전직 판사를 본 적이

없다.

## XVII-45

법 정신은, 법으로도 당연히 사형에 처해야 할 사람을 개인
이 죽였다면 그 개인은 무죄라는 데 있어야 한다.

## XVII-46

치한의 혀를 깨물어 절단한 주부에게 유죄를 인정한 판결
에 나는 불복하는 쪽이다.

## XVII-47

꼭 같은 경우를 당하면 누구라도 반드시 저질렀을 죄는 죄
가 아니다.

## XVII-48

법은 감정이 없다.
상식에는 감정이 포함되어 있다.
상식에서 감정을 뺀 것이 법이다.
상식은 식수요, 법은 증류수다.
법에 감정이 가산된 불문율이 최고의 법이다.

## 18. 바다는 하나님의 얼굴

**XVIII-1**

강물의 흐르는 시간은 바다의 영원에서 멈춘다.

**XVIII-2**

섬은 공간만 고립된 곳이 아니라 시간도 고립된 곳이다. 섬에서는 시간이 강물처럼 흐르는 것이 아니라 바닷가의 조수처럼 밀려왔다 밀려갔다 제자리걸음을 한다.

**XVIII-3**

바다의 파도 소리는 만국어(萬國語).

**XVIII-4**

바다가 언제나 잔잔하기만 하다면 평야와 다를 것이 무엇이겠는가.

**XVIII-5**

밤바다에 내리는 비, 겨울 바다에 내리는 눈을 보았는가.


**XVIII-6**

배 위에서 부르는 노래, 대양에의 방뇨. 이 쾌감을 아는가.


**XVIII-7**

바다는 아름다움의 고향이다.
미의 여신 아프로디테는 키테라섬의 바다에서 태어났다.


**XVIII-8**

바다를 바라보면 모두 시인이 된다.
"그대여, 시를 쓰랴거든 바다로 오시오." [양주동, 「해곡 3
장」 3]


**XVIII-9**

바다가 보이는 절간의 스님은 깊은 수행이 어렵다고 한다.
바다는 사람의 마음을 흔든다.


**XVIII-10**

고원 지대에서 태어난 화가 쿠르베는 스무 살이 넘어 처음
바다를 보고 감동한 후부터 해경(海景)을 즐겨 그렸듯이,
평생 바다를 본 적이 없는 베토벤이 바다를 보았더라면 그

의 음악이 달라졌을 것이다.

## XVIII-11
파도는 바람이 어느 쪽에서 불건, 기슭이 어느 쪽을 향했건, 언제나 해안을 향해 밀려온다.
파도는 자나 깨나 육지가 그립다.

## XVIII-12
바다가 아무리 사나워도 수평선은 출렁이지 않는다.

## XVIII-13
바다만큼 다양한 색깔을 가진 것이 없다.
물은 무색이기 때문에 외광 따라 무슨 색으로나 채색된다.
바다만큼 다양한 표정을 가진 것도 없다.
고요한 물은 무표정이기 때문에 외력에 따라 무슨 표정으로나 변한다.

## XVIII-14
먹물 같은 바다가 있는가 하면 포도주 빛깔의 바다가 있다.
햇빛은 위대한 물의 화가다.

## XVIII-15
바다는 바람의 길이요, 파도는 바람의 발자국이다.

## XVIII-16

바람은 위대한 물의 조각가다.

바다에는 가끔 홈스펀의 직물 같은, 굵은 삼베 천 같은 절묘한 무늬의 물결이 새겨진다.


## XVIII-17

나만 따라오는 것이 있다. 초상화의 시선과 밤바다의 달빛.


## XVIII-18

새벽에 출어하는 어선 선단의 행렬은 장엄하다.

돌아오는 배의 고기의 만선보다 떠나는 배의 희망의 만선이 더 장엄하다.


## XVIII-19

뱃놈은 항구에 오래 머물지 않는다.


## XVIII-20

배를 타고 있으면 배가 파도에 심하게 요동치지만 먼 육지에서 바라보면 배는 끄떡없이 조용히 가고 있다.


## XVIII-21

"강물이 푸르니 물새 더욱 희다[江碧鳥逾白]"고 했듯이[두보(杜甫),「절구(絶句)」],

푸른 바다에 둘러싸인 섬에서는 흰색이 눈부시다.

하얀 파도, 하얀 돛배, 하얀 등대, 하얀 갈매기,

그리고 섬에서 다닌 내 초등학교 시절의 하얀 새 공책, 운동회 날 나누어 주던 하얀 러닝셔츠……

**XVIII-22**

세상에서 가장 아름다운 최후를 아는가.

아서 크래번(프랑스어로 작품을 쓴 영국 작가, 쉬르레알리즘의 선구자)은 멕시코만에서 소형 보트에 몸을 싣고 바다로 나간 뒤 돌아오지 않았다.

쥘 르퀴에(프랑스 철학자, 네오 크리티시즘의 선구자)는 대양을 향해 헤엄쳐 나간 뒤 돌아오지 않았다.

**XVIII-23**

바다 같은 격정과 평정(平靜)을 내게 다오.

**XVIII-24**

장하다.

태평양전쟁 때 알류우선 열도에서 남태평양에 이르기까지 그 광활한 대양을 누빈 바다의 전사들. 아군 적군 할 것 없이 장하다.

이들은 적과 싸운 것이 아니라 파도와 싸우고 있었다.

## XVIII-25

바다는 그 넓은 아량으로 좀처럼 화를 낼 것 같지 않건만 금방 큰 파도를 일으키고, 한번 화를 내면 그 무서운 얼굴이 쉽게 풀릴 것 같지 않건만 금세 파도가 잠잠해진다.

하나님 같다.

## XVIII-26

하나님이 있다면 바다는 하나님의 얼굴이다.

"하나님은 상하지 않고 변하지 않는 거룩한 존재"라니 [성 아우구스티누스,『고백록』제7권],

바다 말고 썩지 않고 변하지 않는 것이 세상에 있는가.

## XVIII-27

바다는 영원한 고전(古典).

## XVIII-28

산에 정기(精氣)가 있듯이 바다에는 영기(靈氣)가 있다.

## XVIII-29

수평선을 정확히 그릴 사람이 있는가.

수평선을 자를 대고 그리면 그림이 안 된다.

### XVIII-30

"섬에서는 막배가 떠나고 나면 온 섬이 적막강산이 된다"
고 섬사람들은 말한다.

여객선은 섬과 육지를 연결하는 밧줄이다. 마지막 여객선
이 끊기는 것은 이 밧줄이 끊기는 것이다.

### XVIII-31

아무리 오래 바라보아도, 아무리 자주 바라보아도 싫증나
지 않는 것이 있다.

하늘과 바다.

하늘은 구름이 흐르기 때문이고 바다는 파도가 치기 때문
이다.

### XVIII-32

하늘이 흐리면 물도 흐리다.

### XVIII-33

하늘에 뜬 구름보다는 호수에 뜬 구름이 더 아름답다.

### XVIII-34

이쪽 날씨가 맑으면 저쪽 비 오는 줄 모른다.

## XVIII-35

"하늘은 어디로 가나 푸르다는 것을 알기 위해 세계를 일주할 필요는 없다"고 괴테는 말했다. [『잠언과 성찰』]
그러나 세계를 일주하기 위해서는 하늘이 어디로 가나 푸르다는 것을 알고 있어야 한다.

## XVIII-36

푸른 바다뿐 아니라 가을 하늘에도 흰빛이 빛난다.
흰 구름, 흰 깃발, 흰 빨래……
하늘이 짙푸르기 때문이다.

## XVIII-37

태양은 항상 새롭다. 24시간 내내 일출한다.
지금 이 시간에도 어딘가에는 일출이 있다.

## XVIII-38

태양도 너무 머니까 종이 한 장 태우지 못한다.

## XVIII-39

일요일의 석양은 우리를 슬프게 한다.

## XVIII-40

해 저물녘 창마다 불을 밝히고 공항을 이륙하는 행선지 모를 국제선 여객기의 모정(暮情).

## XVIII-41

높은 하늘에서 보면 바다는 항상 잔잔하고, 바다에서 보면
구름 없는 높은 하늘에는 바람 한 점 없다.

## 19. 꽃은 누가 보지 않아도 스스로 아름답다

**XIX-1**

자연은 아름답고 인간은 추하다.

**XIX-2**

자연이 없었더라면 이 험악한 세상에서 인간은 어디서 안식과 위안을 얻었을 것인가.

**XIX-3**

자연은 인간의 보모다.
인간의 태반은 자연이 기르는 것이다.

**XIX-4**

자연의 손은 사람의 손보다 정교하다.
사람이 도저히 조립할 수 없는 것을 자연은 예사로 조립하고, 사람이 작은 구멍에 도저히 밀어 넣을 수 없는 것을 자연은 예사로 밀어 넣는다.

### XIX-5

산을 오를 때는 한번 앞사람에게 뒤떨어지면 여간해서는 앞지르지 못한다고 산사람들은 말한다.

### XIX-6

등산을 하면서 흔히 "내려올 것을 무엇 하러 올라가느냐" 고 장난말을 한다.

내려오기 위해서가 아니라면 무엇 하러 올라가겠는가. 천당 말고는.

### XIX-7

산의 정상에 오르지 않고는 다른 산의 정상을 볼 수 없다.

### XIX-8

산봉우리에 섰을 때 산 밑에 있는 사람이 낮아 보이는 것만 큼은 산 밑에 섰을 때 산 위에 있는 사람이 높아 보이지 않 는다.

### XIX-9

물도 운동을 해야 건강하다.

산골 물은 졸졸 흘러서 맑고 바닷물은 출렁거려서 짙푸르다.

**XIX-10**

물의 종류는 손수건에게 물으라.


**XIX-11**

물은 모순의 용액이다.

무색이면서도 빛깔이 영롱한 물

접착성이면서 동시에 윤활성인 물.

배를 띄우기도 하고 뒤엎기도 하는 물.

유체이면서도 얼면 사람의 손을 베는 물.

가장 약하면서도 가장 강한 것을 이기는 물.


**XIX-12**

물은 완벽주의자다.

"흐르는 물은 구멍을 채우지 않으면 흐르지 않는다." [『맹자』진심 상]


**XIX-13**

물이 사언(上善)이라지만 때로는 심술궂다.

지붕 물은 아무리 막아도 자꾸 새면서 하수관 물은 머리카락 몇 가닥에도 금방 막혀 버린다.


**XIX-14**

눈 녹은 물이 언다고 도로 눈이 되겠는가.

### XIX-15

바람만한 빗자루 없고 비만한 호미 없다.


### XIX-16

울음소리 중 가장 가슴을 에는 것은 밤바람의 울음소리다.


### XIX-17

소는 무슨 낙으로 일생을 살까.
고기는 무슨 재미로 물속에서만 살까.
모기는 사람의 피를 빨아 먹는 취미라도 있다지만.


### XIX-18

어릴 적 학교 운동장을 날아다니던 그 잠자리들은 다 어디로 갔을까.


### XIX-19

새장에 갇힌 새보다는 새 없는 새장이 더 애처롭다.


### XIX-20

뻐꾸기 울음소리는 어떤 음악보다 더 많은 사람들에게 감동을 준다.

### XIX-21

뻐꾸기 울음소리를 안 들어본 사람은 별로 없어도 뻐꾸기를 본 사람은 과히 많지 않다. 뻐꾸기는 명성이 자자한 은자다.

### XIX-22

개한테 "개자식!"은 존대어다.

### XIX-23

사람이 개를 피해야 하나, 개가 사람을 피해야 하나.

### XIX-24

사람들은 뿌리가 없으면 잎이 자라지 않는 줄만 알지 잎이 없으면 뿌리가 자라지 않는 줄은 잘 모른다.
말단이 약하면 근본이 상한다.

### XIX-25

잡초에도 정초(正草)가 있고 사초(邪草)가 있다.
풀잎이 잔디처럼 빳빳한 정초는 고집이 세어 뿌리가 잘 뽑히지 않는다. 밋밋한 사초는 뿌리가 쉽게 뽑히기는 하지만 경멸스럽다.

**XIX-26**

잡초는 실패가 없다.
잡초는 한번 싹이 나면 중도에 말라 죽는 법 없이 기어코
끝까지 다 자라고 만다.


**XIX-27**

이름 없는 잡초는 없다. 전 세계의 모든 풀은 다 이름이 있
다. 이름 없는 민초가 없듯이.
식물학자이던 일본의 히로히토(裕仁) 천황은 '잡초'란 말
을 아주 듣기 싫어했다고 한다.


**XIX-28**

어느 지휘자가 무슨 신호를 주기에 같은 고장의 같은 꽃끼
리는 같은 시기에 합창하듯 일제히 개화하는가.


**XIX-29**

주인이 없어도 꽃은 핀다.


**XIX-30**

이름 모를 잡초도 꽃은 핀다. 더 예쁘게 핀다.


**XIX-31**

꽃은 누가 보지 않아도 스스로 아름답다.

## XIX-32

지구상에 꽃이 처음 생기는 것도 못 보고 일찍 멸종해 버린 공룡은 안타까워라.

## XIX-33

꽃을 조심하라.
꽃이 향기로운 곳에 왕벌이 잉잉거린다.
왕벌은 꽃의 보디가드다.

## XIX-34

자기 물건을 팔면서도 온 거리를 아름답게 하는 꽃 가게.

## XIX-35

한 농군이 내 고구마밭의 수확을 보더니 "고구마가 참 멍청하기도 하네" 한다.
자기가 전문으로 정성 들여 키우는 고구마밭이나 심기만 하고 버려두는 내 고구마밭이나 소출은 비슷하니 억울하다는 말이다.

## XIX-36

잔디밭이 고운 줄만 알지 그것을 가꾸는 손이 고운 줄은 모른다.

**XIX-37**

가벼운 낙엽도 낙엽끼리 모여 스크럼을 짜니 바람에 쉽사리 쏠리지 않는다.

**XIX-38**

모든 생물은 죽으면 흙이 된다.
인간이 흙으로 빚어졌다는 창세의 신화는 옳다.

**XIX-39**

남대문이 불탔다. 국민들이 통곡한다.
무생물의 죽음은 생물의 죽음보다 아프구나.

**XIX-40**

사람만 춤출 줄 아는 것이 아니다. 불꽃도 춤춘다.
춤추는 불꽃은 춤추는 사람보다 더 정열적이다.

**XIX-41**

무생물도 폭력을 쓰면 저항한다.

**XIX-42**

돌도 자란다.
밭에는 해마다 큰 돌을 치워내도 해마다 새로운 큰 돌이 나타난다.

## XIX-43

무생물도 불쌍하다. 견인차에 끌려가는 자동차처럼.

## XIX-44

공사장에서 지구가 생긴 이래 아마도 처음으로 햇빛을 보는 바윗덩어리가 파헤쳐지고 있다. 바위는 놀란 듯이 멍한 자세다. 아마 얼마 후면 잠시 세상 구경을 하고 나서 다시 영원히 햇빛을 보지 못할 땅 밑에 묻힐 것이다.

## XIX-45

바위가 가엾다.

누가 바위를 무생물이라 하는가. 바위도 제 나름의 생명이 있는 것인지도 모른다.

## 20. 무슨 말로 정의해도 다 정답인 것이 시다

**XX-1**

자연이 아름다운 것은 자연스럽기 때문이다.

자연스러운 것은 아름답다.

**XX-2**

자연은 미의 원형이다.

자연은 미의 표본이요 자연미는 미의 표준이다.

인간의 미감은 자연미를 본뜬 것이다.

**XX-3**

자연은 미감을 향기처럼 발산한다,

예술가는 아름다운 자연이 기른다.

**XX-4**

예술은 자연의 모방이자 인공의 자연이다.

### XX-5

자연은 직선을 싫어한다.

화가는 절대로 자를 대고 직선을 그리지 않는다. 부자연스럽기 때문이다.


### XX-6

예술가는 조물주의 조수. 조물주가 미처 못다 만든 것을 만들어내는 것이 예술가다.


### XX-7

모든 예술의 공통된 바탕은 시(詩)다.

모든 예술에는 시가 들어 있다.


### XX-8

자연은 자체가 시다.

소설을 읽다가도 "꽃 피는 아침 달 뜨는 저녁"(花朝月夕) 같은 자연의 묘사가 등장하면 금방 시감이 느껴진다.


### XX-9

무슨 말로 정의해도 다 정답인 것이 시다.


### XX-10

말로 표현할 수 없는 것을 말로 표현하는 것이 시요, 거짓말로 참말을 하는 것이 소설이다.

## XX-11
시란 아침 이슬 같은 것, 해가 뜨면 없다.

## XX-12
시를 쓴다는 것은 물로 조각하는 것이다.

## XX-13
눈물이 무슨 목적이 있어서 흘러나오는 것이 아니듯 시는 무슨 목적이 있어서 씌어지는 것이 아니다.

## XX-14
시란 시인이 쓰는 것이 아니라 시인이 발견하는 것이다.

## XX-15
한 글자 한 글자를 대문자로 쓸 수 있는 것이 아니거든 시를 쓰지 말라.

## XX-16
시인은 그물로 물을 뜨는 사람.
시인이 아닌 사람의 그물에는 물이 다 빠져나가고 걸리는 것은 물방울밖에 없다.

**XX-17**

시정신이 없는 사람은 물기 없는 모래밭처럼 상상력이 자라지 않는다.

**XX-18**

화장실에 항상 한 권의 시집을 두라.
온 화장실이 향기로울 것이다.

**XX-19**

작가는 살인마. 걸핏하면 작중인물을 죽여버린다.

**XX-20**

세계 명작이 반드시 누구에게나 명작인 것은 아니다.
괴테의 『파우스트』가 왜 세계 문학 최고의 걸작인지 나는 모른다.
춘원 이광수도 "『파우스트』는 도무지 좋은 줄을 몰랐을 뿐더러 도리어 지리한 감까지도 있었다"고 말했다.

**XX-21**

'개문견산'(開門見山, 문을 여니 산이 나타남)이라고 한다.
이백(李白) 시의 발구(發句, 첫 구절)를 두고 그 명쾌한 형용을 일컫는 말이다.
우리나라 시에는 문자 그대로 개문견산인 시가 있다.

"문 열자 선뜻! / 먼 산이 이마에 차라." [정지용, 「춘설」 첫
연]

## XX-22

세계 명작의 소설 중 첫 구절이 유명한 것으로는 흔히 톨스
토이의 『안나 카레리나』를 꼽는다.

"행복한 가정들은 모두 비슷하지만 불행한 가정은 저마다
다르다."

그러나 이보다는 가와바타 야스나리(川端康成)의 『설국(雪
國)』이 어떤가.

"국경의 긴 터널을 빠져나오니 설국이었다."

그야말로 '개문견산'이다.

## XX-23

세계 명작의 소설에서 가장 감동적인 명장면의 하나는, D.
H. 로렌스의 『채털리 부인의 사랑』(15장)에서 채털리 부인
코니와 산지기 멜러즈가 숲 속의 오두막을 빨가벗고 뛰쳐
나와 천둥과 함께 억수로 쏟아지는 폭우에 온 몸을 흠뻑 적
시며 서로 끌어안는 대목일 것이다.

에덴 같은 자연 속에서 조금도 외잡스럽지 않게 적나라한
이 원초적 해방감.

## XX-24

세계 명작에서 마지막 결구가 가장 독창적인 소설은 샤를
로트 브론테의 『제인 에어』일 것이다.
"독자여, 나는 그와 결혼했다."(Reader, I married him.)

## XX-25

배우는 곧 만인(萬人)이요, 만인은 다 배우다.
모든 사람은 연극을 하고 싶고 배우가 되고 싶다.

## XX-26

죽은 사람이 연극을 한다면 연기를 아주 잘할 것이다.
온몸에 긴장이 완전히 다 풀려 있으므로.

## XX-27

동(東)은 장조(長調)요 서(西)는 단조(短調)다.
"연극 순업을 하다 보면 함경도와 영남은 동적인 연극을,
평안도와 호남은 정적인 연극을 선호한다."[고설봉 『증언
연극사』]

## XX-28

캄캄한 영화관에서 나올 때의 미련한 대낮.

**XX-29**

노래에는 흥이 있거나 아니면 한이 있어야 한다.


**XX-30**

같은 노래를 오래도록 같이 부르는 사람끼리는 서로 정이
든다.
죽마고우는 어릴 때 같은 노래를 실컷 같이 부른 친구들이다.


**XX-31**

이국의 거리에서 부르는 내 나라 유행가의 이질감.


**XX-32**

합창 치고 만세만한 합창은 없다.


**XX-33**

리듬이 있는 것은 감동적이다.
뻐꾸기 울음이 감동을 주는 것은 그 울음에 무슨 뜻이 있어
서가 아니라 단지 그 소리가 리드미컬하기 때문이다.


**XX-34**

꽃을 그리지 말라.
어떤 꽃 그림도 꽃보다 더 아름다울 수 없다.

**XX-35**

피카소의 입체파적 그림 「우는 여인」은 어떤 사실화보다도
사람을 울린다.
가면극의 가면이 어떤 명배우의 표정보다도 다감하듯이.

**XX-36**

미(美)와 미(味)는 동일항(同一項)이다.
미술가, 음악가 들이 대개 미식가요 명요리사다.

**XX-37**

작품의 재미와 의미.
재미는 의미가 있어야 더 재미있고,
의미는 재미가 있어야 더 의미 있다.

**XX-38**

사라져가는 것은 아름답다.
무(無)의 미학이다.

**XX-39**

아름다운 것은 대개 불편하다.

**XX-40**

정서 함양이란 아름다움에 대한 감광제(感光劑)를 자신 속

에서 생산하는 것이다.

## XX-41
어떤 피아니스트의 어떤 터치도 추녀 끝에서 떨어지는 물 방울 소리보다 더 아름답지 않다.

## XX-42
아름다운 것을 보면 전율이 느껴진다.

## XX-43
벚꽃이 활짝 핀 것을 보니 눈물 나누나.
아름다운 것을 보면 눈물이 난다.
눈물이 나는 것은 다 아름다운 것이다.

## XX-44
세상에 슬픈 일만큼 아름다운 일이 있는가.
비극만큼 탐미적인 것이 있는가.

## XX-45
모든 아름다운 것에는 악마성이 있다.
진홍(眞紅)에는 검정색이 섞여 있듯이.

**XX-46**

추(醜) 속에 성(聖)이 있다.

긴 수염의 톨스토이는 성자의 풍모다.

수염이 없던 그의 젊은 날의 본얼굴은 아주 추남이다.

미남이 수염을 기르면 절대로 성스럽지 않을 것이다.

## 21. 거짓말쟁이의 거짓말은 정직한 사람의 참말보다 더 참말 같다

**XXI-1**

손가락이 너무 많다. 진짜를 꼽기에는.

**XXI-2**

세상은 가짜더라. 가짜들의 천지더라.

**XXI-3**

가짜를 좋아하는 사람은 진짜가 아니다.
가짜 인간을 좋아하는 사람은 진짜 인간이 아니다.

**XXI-4**

거짓말쟁이의 거짓말은 정직한 사람의 참말보다 더 참말
같다.

**XXI-5**

아무도 부인 못 하는 거짓말은 참말이다.

## XXI-6

"타간로크의 시중 어디를 가도 정직한 인간은 단 한 사람도 찾아볼 수 없었다"고 안톤 체호프가 『나의 인생』에서 한탄했지만, 체호프의 고향 타간로크뿐이랴, 세상은 어디로 가나 거짓말쟁이의 소굴이다.

## XXI-7

완벽주의자는 거짓말을 못한다.

거짓말을 하면 완벽하지 않고, 또 완벽한 거짓말은 없다.

## XXI-8

성질이 급한 사람은 대개 거짓말이 서투르다.

## XXI-9

소설은 거짓말이지만 거짓말쟁이는 절대로 좋은 소설가가 되지 못한다.

## XXI-10

사기꾼치고 교회에 안 나가는 사기꾼은 드물다.

그들은 성경책을 옆구리에 끼고 천천히, 아주 천천히 교회에서 나온다.

교회에 안 나가는 사기꾼은 아직 진짜 사기꾼이 덜 된 사기꾼이다.

## XXI-11

인생은 속임수.

어릴 때는 부모를 속이고, 결혼을 하면 배우자를 속이고, 늙으면 자식을 속인다.

## XXI-12

도둑이 "도둑이야! 도둑이야!" 하고 외치며 달아나는 세상이다.

## XXI-13

인간의 악은 세상을 움직이는 동력이다.

악이 없으면 세상은 날마다 고요한 바다일 것이다.

## XXI-14

언제나 어디서나 악의 편은 있다.

## XXI-15

유유상종(類類相從)이라 먼지는 먼지끼리, 악은 악끼리 모인다.

동족끼리 피의 부름이 있는 것이다.

## XXI-16

유유상종이라지만 유유상극(類類相剋)이기도 하다.

같은 종류끼리 부딪치면 더 잘 깨진다. 접시가 접시를 깨고 달걀이 달걀을 깨고 사람이 사람을 깬다.

**XXI-17**

천사는 없다. 화장한 악마가 있을 뿐이다.

**XXI-18**

선의는 항상 의심받는다.
선행이 위선이 안 되기가 얼마나 어려운가.

**XXI-19**

악화(惡貨)가 양화(良貨)를 구축하고 악덕은 미덕을 구축한다.
세상에서 양심은 양화처럼 숨는다.

**XXI-20**

꼿꼿하고 단단한 대나무는 어린 죽순 시절에는 그토록 연하지만 그러면서도 휘지는 않고 톡톡 부러진다.

**XXI-21**

세상에 경위 밝은 사람이 너무나 안 보인다.

## XXI-22

세상에 중심(中心) 있는 사람이 드물고,

중심(重心) 있는 사람은 더욱 드물다.

## XXI-23

온 주위의 지탄을 받는 사람이 유독 나에게 호의를 베풀 때

이 호의를 받아들여야 하나, 뿌리쳐야 하나.

## XXI-24

정의라고 해서 언제나 가치 있는 것이 아니다.

무용한 정의는 무의미하다.

정의는 유용할 때만 정의롭다.

## XXI-25

이른바 현인이라는 사람들의 처세훈을 귀담지 말라.

그들은 대개 사리를 위한 보신술만 가르쳤지 정의롭게 사는 법을 가르치지는 않는다.

굴원(屈原)은 "모든 사람이 다 취해 있으나 나 홀로 깨어 있다"고 통탄했는데, 『세상을 사는 지혜』(신탁 편람)의 저자 발타자르 그라시안은 "혼자 제정신으로 있느니 다 함께 미쳐 있는 편이 낫다"[§133]고 조언한다.

## XXI-26

성경도 불경도 분노하지 말라는데, 불의를 아무도 분노하지 않으면 정의는 누가 지킬 것인가.

## XXI-27

너무 옳기만 하면 편협하다는 말을 듣기 쉽다고 해서 옳지 말아야 할 것인가.

대범하라지만 불의를 보고도 눈 감는 것이 대범인가.

## XXI-28

옳음이란 언제나 일방적인 것이 아니다.

내가 옳다고 해서 반드시 상대방이 옳지 않은 것은 아니다.

나도 옳고 상대방도 옳을 수 있는 것이다.

## XXI-29

진실은 다면체다.

한 면만 보고 진실을 말할 수 없다.

## XXI-30

진실은 무서운 것이고, 진실을 안다는 것은 때로는 위험한 것이다.

**XXI-31**

희다고 다 깨끗한 것은 아니다.

백설은 녹으면 궂은 빗물인 것.

**XXI-32**

그 사람의 청백(淸白)을 알려거든 그 집의 뒷마당을 보라.

**XXI-33**

새 집에서도 맨 먼저 필요한 것이 걸레다.

**XXI-34**

걸레는 빨아도 걸레라지만, 걸레는 아무리 더러워져도 더러운 것을 얼마든지 더 닦아낸다.

**XXI-35**

머리를 청소하려거든 집 안의 쓰레기부터 내다 버려라.

쓰레기를 내다 버리면 머리가 감은 듯이 개운해진다.

**XXI-36**

청소를 할 때는 청소기부터 청소하라.

**XXI-37**

과신 말고 맹신 말라.

배신당하지 않는 믿음은 거의 없다.

## XXI-38
사람한테 엎어지는 사람은 언젠가는 그 사람 때문에 뒤로 나자빠질 것이다.

## XXI-39
배신자보다는 사기꾼이 훨씬 낫고,
의리 없는 사람보다는 원수가 훨씬 낫다.

## XXI-40
개는 배신 안 할까. 개는 어느 날 갑자기 주인을 물어뜯지 않을까.
개 같은 사람은 잘도 배신하는데 개 같은 개는 배신 안 할까.

## XXI-41
세상에서 가장 쓴 것은 배신이요, 가장 단 것은 복수다.

## XXI-42
의리가 없는 사람은 아무리 깨우쳐주려고 해도 무엇이 의리인지 모른다.
그것을 알면 처음부터 의리가 없지 않았을 것이다.

## XXI-43

세상에는 약속을 안 지키는 사람이 너무나 많다.

약속을 안 지키기 위해 태어난 사람들 같고, 아예 안 지키는 재미로 약속을 하는 사람들 같다.

## XXI-44

친하다고 모든 비밀을 다 말하지 말라.

언젠가 원수가 안 될 사람은 없다.

## XXI-45

모든 사람이 모든 비밀을 다 털어놓는다면 모든 사람은 다 기절할 것이다.

## 22. 문장은 빈삼각이 없어야 한다

**XXII-1**

말이 많은 사람은 힘이 없다.

**XXII-2**

말이 많은 사람은 말을 잘한다. 매일 연습을 하니.
말 잘하는 사람은 말이 많다. 매일 연습을 해야 하니.

**XXII-3**

참말만 가지고는 오래도록 할 말이 없다.
말을 많이 하자면 말을 만들 수밖에 없다.

**XXII-4**

남의 말 안 하는 사람은 자기 비밀이 없다.

**XXII-5**

침묵은 금이지만 웅변이 감추어져 있지 않은 침묵은 도금

된 금이다.

## XXII-6

입빠른 사람이 정보가 빠르다.

## XXII-7

묻기만 하라.
물음에는 별로 실언이 없다.

## XXII-8

연설은 짧을수록 좋고 편지는 길수록 좋다.

## XXII-9

길 묻는 사람을 반가워하라.
정확하게 말하는 연습을 할 좋은 기회다.
말로 정확하게 길을 가르쳐 주기란 참으로 어렵다.

## XXII-10

자기 집을 찾아오는 길을 약도 없이 정확하게 글로 설명할
수 있는 사람은 명문장가다.

## XXII-11

가장 정확한 문장이 가장 명문장이다.

가장 정확한 사람이 가장 명문장을 쓸 수 있다.


## XXII-12

문장은 카메라처럼 핀트가 잘 맞아야 한다.


## XXII-13

어휘력이 문장력이다.

문장은 어휘가 풍부해야 정확성에 근접할 수 있다.


## XXII-14

두 점 간의 최단 거리가 직선이다.

문장을 짧게 쓰라. 문장은 길수록 부정확해지기 쉽다.


## XXII-15

같은 뜻일 때에는 한 글자라도 짧은 쪽이 좋은 문장이다.


## XXII-16

명문장은 글자를 아끼는 것이다.

아마도 가장 인색한 사람이 가장 문장을 잘 쓸 것이다.


## XXII-17

문장은 바둑처럼 빈삼각이 없어야 한다.

## XXII-18

"진정한 웅변은 말해야 할 것은 모두 말하고 말해야 할 것만 말하는 데 있다"고 한다. [라로슈푸코, 『잠언과 성찰』 §250]

명문도 웅변과 마찬가지로 말해야 할 것만 말하고 말하지 말아야 할 것은 한 마디도 말하지 않는 것이다.


## XXII-19

종이를 아끼지 않는 사람은 글을 쓸 줄 모르는 사람이다.

육당 최남선은 백지를 무척 아꼈다.

그의 독립선언서의 초고는 신문에 끼여 온 광고지들을 모았다가 연결해 그 뒷면에 쓴 것이었다.


## XXII-20

"태양에 바래지면 역사가 되고 월광에 물들면 신화가 된다." [이병주. 『산하』]

이 문장의 주어는 무엇인가.

우리말에서는 주어 없는 문장이 좋은 문장이 된다.


## XXII-21

글은 음식이다. 영양도 중요하지만 우선 맛이 있어야 한다.

**XXII-22**

문장도 간이 맞아야 한다.

밋밋하게 싱거운 문장이 있고, 빡빡하게 짠 문장이 있다.

**XXII-23**

짤막짤막한 문장은 뼈대가 드러나고, 기다란 문장은 살이 물렁물렁하다.

**XXII-24**

글은 향기가 있어야 하지만 잉크 냄새가 나면 안 된다.

잉크 냄새는 글 냄새다. 글 냄새가 나는 글은 설익은 글이다.

**XXII-25**

문장은 생각의 얼음이다.

깊은 생각이 얼면 명문장이 된다.

**XXII-26**

기발한 생각은 일부러 기발한 표현을 쓰지 않아도 기발한 문장이 된다.

**XXII-27**

문장의 첫 줄이 생각나지 않는 것은 문장의 작의가 아직 덜 익었기 때문이다.

**XXII-28**

연필을 깎으면서 글을 쓰라.

연필을 깎는 것은 생각을 깎는 것이다.


**XXII-29**

프랑스인은 자기가 외국인보다 프랑스어를 잘하는 것이
자랑스러운 국민이다.


**XXII-30**

서양 문화는 라틴어가 기른 것이고 동양 문화는 한자어가
기른 것이다.

지금 라틴어는 거의 사멸했지만 한자어는 아직 살아 있다.

동양의 승리다.


**XXII-31**

신문은 사회의 CCTV다.

사회를 찍는 카메라이면서 감시 역할도 한다.

부정확하고 불공정한 신문은 일그러진 카메라다.


**XXII-32**

신문은 편지다. 신문은 편지처럼 궁금한 것이어야 하고 편
지처럼 반가운 것이어야 한다.

**XXII-33**

하나도 오보가 없는 신문은 하루도 없다.


**XXII-34**

저널리즘은 진실을 탐구하는 것이고 아카데미즘은 진리를
탐구하는 것이다.

진실이 끝나는 곳에서 진리가 시작된다.


**XXII-35**

언론의 중립은 좌도 아니고 우도 아닌 중립이 아니라 좌이
기도 하고 우이기도 한 중립이라야 한다.


**XXII-36**

신문기자의 첫째 요건은 신문을 두려워할 줄 아는 것이다.


**XXII-37**

신문기자는 입에 확성기가 달린 사람이다.


**XXII-38**

신문기자는 손바닥이 크다. 조금 때려도 맞는 사람은 크게
아프다.

**XXII-39**

하늘에 지은 죄는 빌 데가 없고, 신문기자의 더러워진 손은 씻을 물이 없다.

**XXII-40**

세상에 가장 고약한 냄새가 우유 썩는 냄새와 신문 썩는 냄새다.

**XXII-41**

신문기자의 글에는 분기(憤氣)와 노기(怒氣)와 골기(骨氣)가 있어야 한다.

**XXII-42**

신문기자는 기자의 특권에 도취되고 마취되어 신문의 폭력성에 대한 자의식이 마비되기 쉽다.

**XXII-43**

신문기자는 영원한 질문자다.

나는 프랑스의 세계적 미학자 에티엔 수리오와의 인터뷰에서 던진 첫 질문이 "천지를 창조한 하나님은 예술가인가?"였다.

인터뷰가 끝난 뒤 그는 "당신 질문들이 참 재미있다"고 말했다.

## XXII-44

신문기자는 Q-man이다.

신문기자는 Quotidian. 매일열(每日熱) 환자다. 매일 해가 뜨면 열이 올랐다가 해가 지면 열이 식는다.

신문기자는 Questioner. 묻기만 하는 질문자다.

신문기자는 Quoter. 남의 말을 인용만 한다.

신문기자는 Quadruped. 네발짐승이다. 기사를 발로 쓰니 발이 넷이다.

신문기자는 Quill driver. 글쟁이다. 어느 통계에 의하면 취조 경찰관 다음으로 글을 많이 쓰는 것이 신문기자다.


## XXII-45

오늘의 뉴스가 계속 쌓이면 역사가 되고,

어제의 역사가 새로 발견되면 뉴스가 된다.


## XXII-46

시해의 칼도 항복의 문서도 역사의 때가 묻으면 문화재가 된다.


## XXII-47

인류의 역사상 가장 위대한 업적은 인간이 달에 착륙한 것이고, 우리나라의 역사상 가장 위대한 업적은 한글을 창제한 것이다.

## XXII-48

우리나라에서 박혁거세가 아직도 알에서 깨어져 나오고 있을 때 알렉산드리아에서는 동갑인 클레오파트라가 태어나고 있었고, 임진왜란이 한창일 때 런던에서는 셰익스피어의 『로미오와 줄리엣』이 공연되고 있었다.

## XXII-49

아리스토텔레스가 읽었던 헤로도토스의 『역사』를 나도 읽고 있다.
그러니 나는 아리스토텔레스와 동시대인이다.

## 23. 모든 길은 우리 집으로 통한다

**XXIII-1**

고향은 배를 끌어당기는 자석암(磁石巖, loadstone).

**XXIII-2**

매화 향기가 천 리를 간다지만,
고향의 향기는 만 리를 간다.

**XXIII-3**

고향은 각자의 천연기념물이다. 세상에 둘도 없는 것이다.

**XXIII-4**

사람은 고향의 산이 키우고 강이 키운다. 그 나머지를 가정
이 키우고 학교가 키운다. 그러고도 모자라는 것을 우유가
키우고 밥이 키운다.

## XXIII-5

사람은 태어나 은혜를 입는 것이 세 가지 있다.

부모와 나라와 고향이다.

부모에게는 효도하고 나라에는 충성하라는데 고향에 대해서는 보은의 덕목이 왜 없는가.


## XXIII-6

신토불이라고 한다.

고향식(故鄕食)이 장수식(長壽食)이다.

어릴 때 먹던 음식이 노년을 키운다.


## XXIII-7

세포가 고향을 기억한다.

어릴 적의 세포 자기를 성장시킨 음식, 공기, 햇볕 등을 다 기억한다.

세포에 뇌가 있을까마는 일종의 조건반사다.


## XXIII-8

고향 속에 세계가 있다.

세계 문학의 명작들은 그 무대가 대개 작가의 고향을 맴도는 것이다.

**XXIII-9**

"그대가 곁에 있어도 그대가 그립다듯이 / 고향에, 고향에 살
아도 고향은 그리운 곳이라고." [정해룡, 「고향에 살아도」]
고향은 고향에 살아도 그립고, 고향을 떠나도 그립고, 고향
에 돌아와도 그립다.

**XXIII-10**

사향(思鄉)은 영원한 짝사랑.

**XXIII-11**

출향은 이민이다.

**XXIII-12**

세상은 어디로 가나 결국은 외국. 귀향은 귀국이다.

**XXIII-13**

고향에 고향이 없어져 간다.
타향에서만 고향이 있고 고향에 가 보면 고향이 없다.
"고향에 가면 나는 더욱더 이방인이 될 것이다." [박경리,
『원주통신』]

**XXIII-14**

파리는 한 번도 가 본 적이 없는 사람에게도 추억이 있는 도

시다.

## XXIII-15
모든 길은 우리 집으로 통한다.

## XXIII-16
가는 길은 멀고 오는 길은 가깝다.

## XXIII-17
오는 것은 천천히 오고 가는 것은 빨리 간다.

## XXIII-18
"위로의 길도 아래로의 길도 같은 하나의 길"이라지만[헤라클레이토스, 『단편』 §60],
산길은 올라갈 때의 길과 내려올 때의 길이 전혀 다르다.

## XXIII-19
자기 속에 길이 없는 사람들이 있다. 도(道)가 없는 사람들이다.
도가 없는 사람은 차선을 지키지 않는 자동차처럼 근접하면 위험하다.

## XXIII-20

초행인 길을 가다가 갈림길을 만나면 양주(楊朱)처럼 눈물
이 난다.
가지 않는 저쪽 길 끝에는 언제 가보나.
다시는 못 가볼는지 모를 길이므로 눈물이 난다.
만나보지도 않은 사람과 작별하듯이 눈물이 난다.


## XXIII-21

동행은 멀리서도 걸음걸이를 보면 안다.


## XXIII-22

교통사고로 죽은 장님은 없다.


## XXIII-23

흙탕물을 튀기며 지나가는 택시가 미우면 그 안에 탄 손님
도 밉다.


## XXIII-24

정류장에서 막 출발하는 버스를 타려고 뒤쫓던 승객이 그
냥 달아나는 버스를 향해 투덜대지 않고 싱긋이 웃어버리
는 웃음은 예쁘다.

### XXIII-25

아무 하는 일 없이 우두커니 버스를 타고 가는 사람들을 보고 있으면 참 우습다.

### XXIII-26

할 일이 없는 시간이란 없다.
할 일이 없을 때는 가만히 앉아서 괄약근 운동이라도 하거라.

### XXIII-27

화재 현장으로 달려가는 소방차의 행렬은 장엄하다.

### XXIII-28

사람은 다 제정신이 아니다.
제정신이면 어떻게 땅바닥에 그인 노란 줄 하나를 믿고 마주 보며 달려오는 차를 향해 태연히 차를 몰고 질주할 수 있을까.

### XXIII-29

사람의 잠을 못 재우려면 큰 소음이 필요 없다.
모기 한 마리의 가늘은 윙 소리로 족하다.

### XXIII-30

설탕은 소금으로 더 달고, 빨강은 검정으로 더 붉다.

## XXIII-31

검정색 같은 사람이 되라.

모든 색과 조화되는 색은 검정색이다.

검정색에는 모든 색이 다 들어 있기 때문이다.

## XXIII-32

검정색에는 가장 대조적인 색일수록 잘 어울린다.

검정색과 흰색, 검정색과 노란색, 검정색과 진홍색.

가장 어울리지 않는 것이 검정색과 흑감색이다. 비슷하기
때문이다.

사람도 비슷하면 화합되지 않는다.

## XXIII-33

거름 썩는 냄새는 향기롭다.

## XXIII-34

냄새는 샌다.

비밀 새듯이 샌다.

## XXIII-35

호랑이는 죽어서 가죽을 남기고 옷은 죽어서 단추를 남긴다.

**XXIII-36**

자기 안에 자랑할 것이 있는 사람은 겉치장을 하지 않는다.


**XXIII-37**

몸에 맞지 않는 옷을 입는 것은 누추한 옷을 입는 것보다
더 창피하다.


**XXIII-38**

옛날로 돌아가고 싶지 않은 현대 생활의 이기(利器)는 세
탁기와 변기 정도가 아니겠는가.
자동차나 텔레비전이나 전화기는 오히려 없던 때가 그립다.


**XXIII-39**

격양가를 부르던 고대가 그립지 아니한가.
고대는 불편했지만 현대는 불안하다.
불편이 불안보다는 훨씬 편안하다.


**XXIII-40**

영양가 있는 음식이 살로 가는 것이 아니라 입에 당기는 음
식이 건강에 좋은 것이다.


**XXIII-41**

오래 살려면 술을 마시지 말라는데, 맛있게 술을 마시기 위

해서가 아니라면 무엇 하러 오래 사나.

### XXIII-42

홈이 송송 팬 술상을 젓가락으로 두들기며 흘러간 노래를 불러대던 그 니나놋집 색시들은 지금 누구의 아내가 되어 있을까.

### XXIII-43

사람들은 왜 술을 좋아하는가.

세상은 맨정신으로 살아가기에는 너무나 제정신이 아니기 때문이다.

## 24. 여자가 못 만들어내는 것이 뭐 있나요?

**XXIV-1**

누운 해 아름답지 않은 경치 없고, 누운 얼굴 예쁘지 않은 여자 없다.

**XXIV-2**

세상에서 가장 아름다운 것은 아름다운 여자이고,
세상에서 가장 추한 것은 미인이 추해지는 것이다.

**XXIV-3**

미인 대회에 예쁜 여자 별로 없고 수산 시장의 생선 팔이 치고 안 예쁜 여자 별로 없다.

**XXIV-4**

길 가다가 낯선 미인을 하나 스치면 천년이 지나가는 바람 소리가 들린다. 다시는 못 만날 사람이므로.

**XXIV-5**

여자를 아름답게 만드는 세 가지가 있다. 연지와 밤과 상복.


**XXIV-6**

미인은 입에서 입내가 난다.


**XXIV-7**

잘 웃지 않는 여자는 보기 흉한 이빨을 드러내지 않기 위해 서일 뿐이다.


**XXIV-8**

예쁜 젊은 여성을 만나거든 늙었을 때의 주름진 얼굴을 그 위에 겹쳐 그려보고,
상냥한 여자의 웃는 얼굴을 보거든 성났을 때의 앙칼진 얼굴을 그 위에 겹쳐 그려보라.


**XXIV-9**

종이 한 장의 앞뒤가 아무리 가깝다 해도 한 여자의 상냥한 얼굴과 앙칼진 얼굴 사이의 거리만큼 가깝지는 않다.


**XXIV-10**

여배우는 대개 선녀(善女) 역보다 악녀(惡女) 역을 더 잘 연기한다.

**XXIV-11**

화장을 짙게 하는 여자를 보면 불쌍하다.
피에로처럼 불쌍하다.

**XXIV-12**

예쁜 여자는 화장할 필요가 없고, 안 예쁜 여자는 화장할수
록 더욱 안 예뻐진다.

**XXIV-13**

밉게 생긴 여자야, 제발 예쁜 짓만 하거라. 그러면 예쁜 여
자보다 더 예쁠 것이다.

**XXIV-14**

라디오처럼 종일 지껄이는 여자가 있다.

**XXIV-15**

애기 밴 여자는 등 뒤에서 봐도 안다.

**XXIV-16**

생전 한 번도 만난 적이 없는 여자가 보고 싶을 때가 있다.

**XXIV-17**

해수욕장에서는 옷 입은 여자가 섹시하다.

## XXIV-18

여자는 큰 원수가 될 남자를 가장 사랑한다.

## XXIV-19

사랑을 자기 일처럼 하지 않고 남의 일처럼 하는 여자가 있다. 순정이 없는 여자다.

## XXIV-20

"여자는 하나의 외국이다." [패티모어(영국 시인), 「집 안의 천사」]

남자에게 여자는 해독하기가 외국어만큼이나 어렵다.

## XXIV-21

모든 아름다운 것에는 신비가 있다. 여자가 아름다운 것은 신비감 때문이다.

## XXIV-22

한 여자가 아무리 다른 사람들에게 비천해 보이더라도 누군가 적어도 한 남자에게는 반드시 거룩하다.

## XXIV-23

저런 여자가 어떻게 시집을 갔을까 싶은 여자도 다 시집을 가 있다. 그리고 대개 잘 가 있다.

**XXIV-24**

어느 식당 여종업원의 말이,

"여자가 못 만들어내는 것이 뭐 있나요?"

**XXIV-25**

여자의 손은 위대하다. 여자의 손이 한번 스쳐 간 자리는 큰 바람이 스쳐 간 자리같이 깨끗하다.

**XXIV-26**

여자에게 강한 자가 남자에게 약하고, 남자에게 강한 자가 여자에게 약하다.

**XXIV-27**

여자에게 친절한 남자가 대개는 성공하더라.

**XXIV-28**

한 여자를 움직일 수 있는 힘은 온 세계를 움직일 수 있는 힘이다.

**XXIV-29**

여자는 어린애를 낳아 기르기 위해서만 있는 것이 아니라 남자를 어린애로 만들기 위해서도 있다.

## XXIV-30

여자가 약하다고? 천만에. 여자는 너무 강한 것이다.

## XXIV-31

부부부부(夫夫婦婦), 남편은 남편다워야 하고 아내는 아내다워야 하듯이[『역경』 가인괘, 단사], 남남녀녀(男男女女), 남자는 남자다워야 하고 여자는 여자다워야 한다.
가장 여성적인 것이 가장 강한 것이다.

## XXIV-32

가장 여성적인 여성을 한번 만나보고 싶다.

## XXIV-33

여성은 남성과 동등해지려다가 자꾸만 남성과 동화해져 간다.

## XXIV-34

사나이가 없어져가는 세상이다.
남자여, 먼저 남자다워라. 여자가 여자답지 않게 되는 것은 남자가 남자답지 않기 때문이라고 한다. [D. H. 로렌스, 『채털리 부인의 사랑』 15장]

## XXIV-35

여성은 세계를 정화한다.

## XXIV-36

인류의 마지막 대전은 남성 대 여성의 전쟁일는지 모른다.

## 25. 결혼은 이인삼각이다

**XXV-1**

인생은 우연이다.

결혼을 보라.

**XXV-2**

가만히 생각해보면, 세상에 생판 낯선 남남끼리 우연히 만나 평생을 같이 산다는 것은 얼마나 웃기는 장난인가.

**XXV-3**

남녀가 각각 용케 짝을 찾는 것을 보면 참으로 신기하다.

어떤 거대한 손의 중매가 아니고는 어떻게 이런 인연이 가능할까.

**XXV-4**

남자나 여자가 결혼 상대를 고르기에는 세상에 여자와 남자가 너무 많다.

**XXV-5**

결혼이란 이인삼각 같은 것이다. 서로 도우면서 서로 비틀거린다.

**XXV-6**

실패를 면한 부부는 많아도 성공한 부부는 과히 많지 않다.

**XXV-7**

결혼 생활이란 가면극이다.

**XXV-8**

"결혼한 사람이 결혼 안 한 사람에게 결혼을 하라고 자꾸 권하는 것은 결혼의 불행을 혼자 당하기가 억울해서"라고 말하는 사람이 있다.

**XXV-9**

결혼식장에서 나란히 선 신랑 신부를 보면 공연히 측은한 생각이 들 때가 있다.

**XXV-10**

제 다리 같지 않고 남의 다리 같은 배우자를 데리고 사는 부부들이 많다.

**XXV-11**

배우자는 자동차와 같다. 편리하고 불편하다. 결혼 생활이
얼마나 편리하고 얼마나 불편한가는 차를 가져보면 안다.

**XXV-12**

결혼은 손이 넷이다.

**XXV-13**

결혼은 부자유다.
자유를 팔아 그 돈으로 부자유를 사는 일이다.

**XXV-14**

독신 생활은 불편한 것이고 결혼 생활은 불안한 것이다.
불편과 불안, 어느 쪽이 더 참기 어렵겠는가.

**XXV-15**

이혼을 하지 않기 위해 결혼을 안 한다는 사람이 있다.
이혼을 절대로 해서는 안 된다면 누가 감히 결혼하겠는가.

**XXV-16**

한 여자와 결혼을 안 하는 남자는 모든 여자와 결혼하고 싶
어서다.

### XXV-17

독신 생활이란 혼자서 남자와 여자를 겸하는 일이다.

### XXV-18

어느 노총각에게 누가 "당신은 왜 결혼하지 않느냐"고 물으니 "너무 오래 혼자 살았다"고 대답했다. 이제는 결혼할 생각인가 보다 했더니 그 말이 아니라 혼자 사는 것이 버릇이 되어 결혼하기가 더욱 힘들게 되었다는 말이었다.

### XXV-19

공처가(空妻家)는 공처가(恐妻家)다.
결혼을 싫어하는 남자는 아내가 두려운 것이다.

### XXV-20

결혼이 두려운 남자들은 결혼이란 아내가 접시나 깨는 일이라고 핑계 댄다.

### XXV-21

결혼을 안 하면 작은 즐거움이 없을는지 모르지만 큰 괴로움도 없을 것이다.

### XXV-22

독신은 로맨티시즘이요, 결혼은 리얼리즘이다.

### XXV-23

중매 결혼은 인공 수정 같은 것이다.

### XXV-24

결혼해서 딸을 낳아 기르는 것은 즐거움이나 이 딸이 자라서 어떤 도둑 같은 남편을 만날지가 아버지의 두려움이다.

### XXV-25

상대방에게 아무것도 기대하지 말고 결혼하라.

한 불문학 교수가 하는 말이, 자기는 결혼을 하면서 아내한테 기대한 것이 거의 없었다고 한다. 학력도 변변찮은 여성과 결혼했다. 기대할 것이 없으니 실패할 것도 없더라는 것이다.

### XXV-26

세상에 용기 있는 사람도 많지만 결혼하는 사람이 가장 용기 있는 사람이다.

바다 저쪽 끝은 절벽일는지도 모르는 채 미지의 대륙을 찾아 배를 띄운 옛 항해사같이 용기 있는 사람이다.

### XXV-27

대부분의 사람들이 무턱 결혼은 반드시 해야 하는 것으로 생각하고 있다. 왜 결혼해야 하는지에 대해서는 거의 생각해보지도 않은 채.

## XXV-28
아내는 거울.
남편의 비뚤어진 넥타이를 바로잡아주고, 비뚤어진 버릇을 바로잡아준다.

## XXV-29
사랑하는 남녀가 단 하루를 같이 사는 것이 평생 동안 같이 사는 것보다 덜 행복할 것도 없다.

## XXV-30
사람의 일생에서 세 가지 대사는 출생과 결혼과 죽음이다. 출생과 죽음은 불수의근(不隨意筋)처럼 자기 의지 밖의 일이다. 자의로 할 수 있는 것은 결혼밖에 없다. 왜 가장 멋진 결혼식을 하지 않겠는가.

## XXV-31
결혼이란 결혼을 한 사람에게는 할 필요가 없는 것이고, 안 한 사람에게는 할 필요가 있는 것이다.

## XXV-32
돈을 따든지 잃든지 하려거든 노름을 하라. 잘 살든지 못

살든지 하려거든 결혼을 하라.

## XXV-33

결혼을 하는 것은 차선의 방법이요, 결혼을 안 하는 것은
차차선의 방법이다. 뭔가 최선의 방법이 있을 것이다.
니체는 "만약 부부가 동서하지 않는다면 성공적인 결혼이
훨씬 많을 것"이라고 한다. [『인간적인, 너무나 인간적인』
§393]

## 26. 노년의 나날은 지루한 후렴

**XXVI-1**

나이 드니 귀는 되려 밝아져 세월이 들리네.

**XXVI-2**

나이 드니 세월이 흐르는 소리가 빈 벌의 밤바람 소리처럼 들린다.

**XXVI-3**

세월 흐르는 소리가 조약돌을 굴리며 요란하게 흘러가는 시냇물 소리처럼 들릴 때도 있다.

**XXVI-4**

나이 드니 현재의 시간이 손바닥에 쥐어지지 않는다.
쥐었다 싶으면 어느새 손가락 사이로 빠져나가 버리고 없다.
과거만 시체처럼 쌓인다.

**XXVI-5**

어릴 때는 나이를 빨리 먹고 싶어 하니 세월이 용용 천천히 가고, 나이 들면 나이를 천천히 먹고 싶어 하니 세월이 용용 빨리 간다.

**XXVI-6**

이 하얀 시간의 공허한 행진들.
허허한 하늘에 뜬 구름같이 흘러가는 시간들.

**XXVI-7**

노년은 세월에 떠밀려 흐르는 표류물 같다.
자기 의지의 껍질이 둥둥 떠서 흐른다.

**XXVI-8**

나이 든 사람들은 세월 가는 줄을 모르겠다고 한다.
노년의 시간은 기슭이 없기 때문이다.
세월의 흐름 위에 함께 떠 흐르기 때문이다.

**XXVI-9**

나이 들면 시력에만 돋보기를 끼워야 하는 것이 아니라 기억력에도 돋보기를 끼워야 한다.
먼 것은 생각이 잘 나지만 가까운 것은 생각이 잘 나지 않으니.

## XXVI-10

나이 들면 시간이 축시된다.

젊어서 읽는 역사책은 먼 이야기 같고 나이 들어 읽는 역사책은 가까운 이야기 같다.

젊을 때는 살라미스 해전이 아득한 옛날이더니 나이 드니 엊그제 일이다.

## XXVI-11

인생을 지내보지 않고는 절대로 이해되지 않는 말이 있다.

"인생은 짧다"는 말이다.

일생은 하루보다 짧다는 말이 거짓말 같거든 어서 늙어보아라.

## XXVI-12

시간의 꾐에 속았다.

어릴 때는 인생의 세월이 그렇게 길다더니 지나와보니 이렇게나 짧다.

## XXVI-13

인생의 노년은 몽유병과 같다.

## XXVI-14

젊은 때는 꿈이 현실 같더니 나이 드니 현실이 꿈같다.

**XXVI-15**

나이 들수록 세상 사는 법을 모르겠다.

**XXVI-16**

나이 드니 걸음걸이조차 잊어버려 발을 자꾸 헛디딘다.
점점 세상을 살아가는 데 자신이 없어지면서 세상을 똑바
로 걸을 수가 없다.

**XXVI-17**

나이 드니 세상이 나를 아주 싫어한다.

**XXVI-18**

나이 들수록 아는 것이 많아지는 것이 아니라 모르는 것이
많아진다.

**XXVI-19**

"아는 것이 힘"이라는데 나이 들수록 지(知)는 무력하다.

**XXVI-20**

젊을 때는 아는 것이 힘이더니 나이 드니 아는 것이 짐이다.
젊어서는 무엇이든지 알고 싶으나 나이 들어서는 아무것
도 모르고 싶다.

**XXVI-21**

나이가 고치는 병이 세 가지 있다. 부끄러움과 놀라움과 두려움이다.

**XXVI-22**

노년은 뻔뻔스러운 것.
자신을 빨가벗겨도 창피하지 않고 자기 자랑을 늘어놓아도 추해지지 않는 나이가 노년이다.

**XXVI-23**

노년은 sin miedo(두려움 없이).
나이 들수록 놀랄 일이 덜해진다.
놀랄 일이 남아 있는 동안은 당신은 아직 젊다.

**XXVI-24**

버리는 것이 많아지는 것을 보니 늙어가나 보다.

**XXVI-25**

노년의 나날은 되풀이 되풀이되는 지루한 후렴.

**XXVI-26**

노년은 철 지난 해수욕장처럼 쓸쓸하다.

**XXVI-27**

나이 드니 해수욕장과 점점 멀어진다.

해수욕장에 가본 지가 언제더라.


**XXVI-28**

노년은 내 이름을 잊어버리지 않을까 겁이 나는 나이.

내 이름을 내가 모른다면 나는 누구인가.


**XXVI-29**

쓸데없는 나이만 벌레 먹은 낙엽처럼 쌓여간다.


**XXVI-30**

나이가 들어가니 나이를 마시고 취한 듯한 느낌이다.


**XXVI-31**

먹는 자기 나이를 곱게 씹어 삼켜 그 영양으로 건강하게 살아가는 노년이 있다.


**XXVI-32**

노년의 주식은 추억이다.

젊은이가 사는 목적은 추억을 만들기 위해서요,

늙은이가 사는 목적은 추억을 반추하기 위해서다.

**XXVI-33**

젊을 때 일기를 쓰라.

옛 일기는 추억의 보고다.

괴로웠던 과거일수록 추억은 즐겁다.

**XXVI-34**

나이 들어 옛 일기의 1년 치를 하루에 읽으며 하루에 1년을 산다.

**XXVI-35**

나이 드니 갑자기 보고 싶은 사람이 많아진다.

**XXVI-36**

나이 드니 괄호를 열어놓고 닫는 것을 잊어버린다.

**XXVI-37**

젊을 때는 믿기만 했더니 나이 들수록 불신자가 된다.

인생은 속음과 배신당함의 연속이므로.

**XXVI-38**

해가 지면 별이 밝아지듯 나이가 드니 달이 더 밝아진다.

## XXVI-39

재수 없으면 오래 산다고 한다.

재수 있거라.

## XXVI-40

장수는 천복이 아니라 천벌이다.

노인에게 만수무강을 기원하는 것은 축복이 아니라 저주다.

## XXVI-41

어느 장수자가 절망적인 병세의 진단을 받자 하는 말이,

"아이구, 이제야 살았구나."

## XXVI-42

오래 살지 않을수록 죄를 덜 범한다.

장수는 자체가 범죄다.

## XXVI-43

나이 들어서는 나이를 빼지 않고는 절대로 빠지지 않는 것
이 있다. 가령 아랫배의 살, 노욕.

## XXVI-44

노년의 나이는 숨을 데가 없다.

아무리 모자를 깊숙이 눌러쓰고 마스크로 온 얼굴을 가려

도 시내버스를 타면 젊은이들이 얼른 자리를 양보한다.


**XXVI-45**

나이 드니 내가 나한테 정을 뗀다.

나의 잘못이 더욱 크게 보이면서 내가 자꾸 싫어진다.


**XXVI-46**

노년에 온 다리의 힘이 빠지는 것은 산정(山頂)이 보이기 때문이다.


**XXVI-47**

나이 드니 평생 가는 친구가 드물다는 것을 알게 된다.


**XXVI-48**

나는 젊을 때부터 오래도록 혼자 사는 연습을 해두기를 잘했다.

늙어간다는 것은 혼자가 되어가는 것이다.


**XXVI-49**

나이 드니 고독 하나도 질 힘이 없어진다.


**XXVI-50**

노년은 감정도 쇠약해진다.

노년의 감정은 조금만 다쳐도 깨어지기 쉬운 유리그릇이다.

## XXVI-51

노년은 상처가 잘 낫지 않는다. 몸의 상처뿐 아니라 마음의
상처도.

## XXVI-52

사고가 노쇠하니 깨달음도 노쇠한다. 저지른 잘못이 금방
깨달아지지 않고 하룻밤이 지나야 후회가 된다.

## XXVI-53

나이 들수록 내 앞날을 정면으로 바라볼 용기가 없어진다.

## XXVI-54

아직 책상 서랍 하나도 다 정리하지 못했는데 인생이 다 가
고 있구나.

## XXVI-55

나이 들면 자유도 늙는다.
나이 들어 가장 고통스러운 것은 내가 내 마음대로 안 되는
것이다.

## XXVI-56

나이 들면 모든 것이 숨는다.

나이 든 나와 술래잡기하자고 안경이 숨고 사인펜 뚜껑이 숨고 친구 이름이 숨는다.


## XXVI-57

노인에게 "건강하시지요?" 하고 묻는 것은 결례다.

어딘가 안 아픈 데가 없는 사람을 노인이라 부른다.


## XXVI-58

밤늦게야 다 닳은 촛불을 켜놓고 공부하는 만학도.

어릴 때 밀린 숙제를 하듯 못다 읽은 책을 나이 들어 읽는다.


## XXVI-59

나이 들어갈수록 달아나는 세월의 발자국을 헤아려주는 것은 읽은 책의 권수뿐이다.


## XXVI-60

어리석고도 어리석은 사람은 나이 들어서야 책을 읽는 사람이요,

더 어리석고도 더 어리석은 사람은 나이 들어서도 책을 읽지 않는 사람이다.

## XXVI-61

같은 책이라도 젊어서 읽는 책과 나이 들어서 읽는 책은 다른 저자의 다른 책처럼 다르다.

## XXVI-62

역사책의 시리즈를 젊어서는 고대에서 현대로 연대순으로 읽다가 나이 들어서는 현대에서 고대로 역순으로 읽는다.

## XXVI-63

소년 때 읽지 못한 엑토르 말로의 동화『집 없는 아이』를 노년이 되어 읽는다.
제철을 놓친 독서에 대한 참회요 복수다.

## XXVI-64

젊을 때는 너무 길어 시간이 없다고 미루어온 프랑스의 대하소설들을 남는 시간이 쓸 데 없어지자 차례로 읽기 시작한다.『티보 가의 사람들』『장 크리스토프』『자유의 길』……
그 속의 파리의 거리들이 모두 내가 거주하면서 내 발로 걸어 다니던 곳이다.
내가 젊을 때 읽었으면 그 현장감의 즐거움은 없었을 것이다.
나이는 이런 재미로 먹는 것이다.

## XXVI-65

천만다행이다. 오래 살지 않았으면 『셰익스피어 전집』도 다 못 읽고 갈 뻔했다.

## XXVI-66

노년이 되니 젊은이들에게 절을 받을 것이 아니라 굽은 허리를 더 굽혀 먼저 절하고 싶어진다.

## XXVI-67

육안(肉眼)은 노쇠하고 심안(心眼)은 밝아진다.
젊은 날에는 항상 내가 옳더니 나이 드니 내 잘못이 눈에 보이기 시작한다.
모든 남의 잘못은 따지고 보니 원인 제공을 내가 한 것이요, 내 잘못 아닌 것이 없다.

## XXVI-68

모든 것이 내 탓이라고 생각하라지만 젊은 나이에 강요하기는 무리다.
모든 원한이나 적개심이나 분노는 상대방이 잘못이라고 생각하는 데서 생긴다.
나에게 잘못이 있다고 생각하면 그렇게 마음이 편안할 수가 없다.
이 평정은 나이가 들어야 가능하다.

노년의 특혜다.

## XXVI-69

노년의 가장 큰 이점은 사랑할 힘이 없어지는 것이다.
사랑할 힘이 없으면 미워할 힘도 없다.

## XXVI-70

젊어서는 몸에서 힘을 빼는 것이 모든 운동의 기본이더니,
나이 들어서는 머리에서 생각을 빼는 것이 모든 평안의 기
본이 된다.

## XXVI-71

노년에 지나치게 많은 정보는 과식처럼 몸에 해롭다.

## XXVI-72

어서 나이를 먹으라.
노년은 매일이 일요일이다.
월요일 생각을 하면 지긋지긋하다.

## XXVI-73

노년을 잘 살아가는 비결은 쉽게 잊어버릴 줄 아는 기술이
다. 나이도 잊어버리고 원수도 잊어버리고 시간도 잊어버
리고.

## XXVI-74

나이 드니 내가 보인다.

젊을 때는 안 보이던 내 자신이 가까이서 보인다.

나이 든다는 것은 지금까지 밖으로만 향하던 눈을 자기 안으로 돌리는 일이다.


## XXVI-75

존재의 가벼움.

내 존재가 날개를 단 듯 점점 가벼워진다.


## XXVI-76

1930년대 우리나라의 남자 평균 수명은 36세였다. 그것이 지금 2배 이상이나 길어졌다고 해서 인류의 발전에 무슨 의미가 있는가. 생산은 없이 낭비만을, 진보는 없이 수구만을, 기여는 없이 방해만을 조장하고 있는 것이 아닌가.

개인의 수명 연장은 인류의 퇴행이다.


## XXVI-77

나이 들어가니 의문이 생긴다.

나는 왜 살고 있는가?


## XXVI-78

나는 왜 살고 있는가.

인생이 기력을 지탱하는 것은 자신의 존재 이유다. 사람이 노쇠하는 것은 생존 목적이 노쇠하는 것이다.

나이 들면서 모든 것이 자꾸 상실되어가지만 가장 큰 상실감은 존재 이유의 상실감이다.

인생의 원기를 회복하려면 무슨 목적으로 살고 있어야 하는지 그 목적을 살려내야 한다.

## XXVI-79

"돛대도 아니 달고 삿대도 없이
가기도 잘도 간다, 서쪽 나라로"
어릴 때의 동요는 노년의 주제가다.
노년은 돛대도 삿대도 없이 서쪽 나라로 잘도 간다.

## XXVI-80

노년이 되어 어린이를 보면 그 어린이가 노년이 되었을 때의 얼굴이 자꾸만 그 얼굴에 오버랩 된다.
너도 금방 늙을 것을.

## XXVI-81

내 자란 고향 땅에 오랜 세월 뒤 갔더니
어릴 적 할아버지들 아직도 그 자리에 있네.
다가가 유심히 보니, 아니, 내 소꿉친구들일세.

## 27. 죽음은 내가 나를 떠나는 것이다

**XXVII-1**

죽음은 내가 나를 떠나는 것이다.

**XXVII-2**

죽음은 내가 나를 떠나는 것이므로 나의 죽음은 남의 죽음과 같다.

**XXVII-3**

내가 나에 대한 애착이 있는 동안은 죽음이 두렵다. 그 애착을 끊으면 두려울 것 없다.

**XXVII-4**

죽음이 없는 나라로 가기 싫어 사람들은 죽기를 싫어한다.

**XXVII-5**

친구의 조사를 읽던 그 사람도 죽었고 자신의 묘비명을 미리 쓰던 그 사람도 죽었다.


## XXVII-6

저승 가면서 자기 이름까지 들고 가는 사람들이 많다.


## XXVII-7

소설이나 연극에서 드라마를 만드는 것은 거의가 죽음이다.
죽음이 있으므로 인생은 드라마틱하다.


## XXVII-8

사람에게 죽음이 없다면 삶도 없다.
삶의 충동을 만드는 것은 죽음이다.


## XXVII-9

죽음을 미지의 것으로 남겨 두렵게 만든 것은 하나님의 절묘한 테크닉이다.
죽음이 두렵지 않다면 아무도 하나님을 믿지도 두려워하지도 않을 것이고, 이 험한 세상에 모두 자살해 버리고 하나님을 믿을 아무도 남아 있지 않을 것이다.


## XXVII-10

죽음이 두려운 것이 아니라 죽음 후의 영원이 두렵다.
그러나 나의 탄생 이전에도 영원은 있지 않았느냐.

## XXVII-11

죽음을 언짢게 생각 말라. 세상에 태어난 사람은 행운아다. 모든 인간의 출생은 인생 최대의 경쟁의 승리다.

지구상 전 인류의 수보다 더 많은 정자끼리의 경쟁을 뚫고 태어난 인생은 최대의 승자다.

로토 복권보다 더 어려운 복권에 당첨되어 세상 구경을 나온 것이다.

"사람이 어머니 배에서 잉태되어 태어난다는 것은 수억만 개, 아니 천문학적 숫자의 정자 중에서 특히 선택을 받은 은혜가 아닌가." [안수길, 『제3인간형』]

## XXVII-12

죽음은 은총이다.

인간에게 죽음이 없다면, 죽고 싶어도 죽지 못하는 그 영생의 고통은 잠들고 싶어도 잠들지 못하는 영원한 불면증이 아니겠는가. 어찌 견디겠는가.

## XXVII-13

탄생이 사형선고라면 죽음은 출생신고다.

## XXVII-14

기다림의 시간은 길다.

죽음을 기다려라. 그러면 더디 올 것이다.

## XXVII-15

주위의 친지들이 자꾸 죽어가는 것은 자기의 죽음을 익숙하게 만드는 훈련이다.

## XXVII-16

죽음 뒤의 세계는 현세와 전혀 차원이 다를 것이다. 그런데도 사람들은 같은 차원에서 죽음을 생각하고 있다.

## XXVII-17

아니다. 어쩌면 사후의 세계는 생전의 세계와 같을 것이다.

## XXVII-18

죽음의 세계는 죽어서도 모른다. 죽음은 무(無)일 것이므로.

## XXVII-19

죽음을 두려워 말라. 죽음의 세계에 '구석 할매'는 없다.
어릴 적에 아버지가 내 담을 키운다고 한밤에 캄캄한 골방 구석으로 나를 밀어 넣고 문을 잠그고는 "구석 할매가 나온다"고 소리를 질렀다. 나는 너무나 무서워서 발버둥 치며 기절하도록 엉엉 울었다. 그러나 구석 할매는 나타나지 않았다.

### XXVII-20

죽음이 서러운 것은 이 세상에서 만났던 반가운 사람들을 다시는 못 만나기 때문이다.

### XXVII-21

사람들이 언젠가는 기어코 다가오고야 말 죽음을 평소에 의식하지 않고 살아간다는 것은 너무나도 신기한 일이다.

### XXVII-22

전장에 나간 자식의 죽음 소식을 듣고 "나는 그 아이가 죽을 운명을 타고났다는 것을 알고 있었다"면서 태연했던 크세노폰.
그는 모든 사람이 알고 있으면서도 깨닫지 못한 것을 혼자 깨달은 현자였다.

### XXVII-23

내 장례식에 와야 할 사람들이 다 먼저 가 버리는구나.

### XXVII-24

나를 아는 사람들은 나에 대한 기억을 가진 사람들이다.
세상에 남아 있던 나에 대한 기억들이 하나씩 죽어 간다.
좋은 기억들도 죽어 가고 나쁜 기억들도 죽어 간다.

## XXVII-25

나를 칭찬하던 사람이 가 버리는구나.

나를 허물하던 사람도 가 버리는구나.

복수할 기회를 주지 않고 내 적도 가 버리는구나.


## XXVII-26

물어볼 일이 있는 사람들은 다 죽고 없다.


## XXVII-27

자살은 오식(誤植)된 자기 인생을 인책 사임하는 것이다.


## XXVII-28

빨리 죽으라.

두 아들을 먼저 보낸 조모님 말씀이,

"큰 아들이 죽었을 때는 짚신이 백 원에 세 켤레더니 작은 아들이 죽으니까 세 켤레에 백오십 원이더라".


## XXVII-29

아직 태어나지 않은 인생들아, 어서 태어나라. 땅 위에 묘지가 모자라기 전에.


## XXVII-30

하나님, 세상에는 억울한 죽음들이 너무나 많습니다.

이 불쌍한 목숨들을 제발 좀 물려주세요.

### XXVII-31

이 IT 시대에, 달나라에서도 교신이 되는 시대에, 왜 죽음의 나라와는 통신이 불통일까.

### XXVII-32

죽음을 묵살하라,
죽음을 의식하지 않으면 죽음은 없는 것이다.

### XXVII-33

"내일이 오고, 또 내일이 오고, 또 내일이 와서(Tomorrow, and tomorrow, and tomorrow)"[셰익스피어, 『맥베스』 5막 5장] 언젠가는 죽음이 다가온다던 그 사람도 죽은 뒤, 어제가 가고, 또 어제가 가고, 또 어제가 가서, 죽음이 멀어져 간다.

제2부

포르트레(Portrait):
나는 누구냐

## 28. 내가 누구인지 말해줄 사람 누구 없느냐 - 나의 초상

**XXVIII-1**

"너 자신을 알라"고 한다.

나는 내 자신을 너무 잘 아는 것이 탈이다.

**XXVIII-2**

내 단점을 주시하는 것이 나의 악습이다. 주시해야 할 것은 장점인데도.

**XXVIII-3**

나는 내 약점을 자랑하지 않고는 못 배긴다. 이것이 내 최대의 약점이다.

**XXVIII-4**

혼자 오래 살아서일까. 나는 나와 대화를 너무 하는 버릇이 있다.

그러다가 나 자신과 잘 싸운다. 승산 없는 싸움이다.

## XXVIII-5

누가 하는 말이, 나는 늘 나한테 화가 나 있는 사람 같다고
한다.

## XXVIII-6

나는 오리지널(original)이다.

## XXVIII-7

내 목소리는 늘 도(do)라고 말하는 사람이 있다.

## XXVIII-8

나는 다면체다. 한 면만으로는 나의 진면목이 아니다.

## XXVIII-9

나는 어떤 정수(整數)로도 나타낼 수 없는 무리수(無理數).
그래서 내 필명의 이니셜이 $\pi$(파이)다.

## XXVIII-10

나는 뜻밖의 사람이다.

## XXVIII-11

어느 지인이 나를 보고 "당신은 분명한 사람"이라고 말한다.
내가 분명한 사람인 것은 분명하다.

**XXVIII-12**

나는 절대로 넘치지 않는다.


**XXVIII-13**

나는 멀쩡히 아무것에도 잘 취하지 않는다.


**XXVIII-14**

나는 액체다. 일정하지 않다. 나는 어떤 사람이라고 딱 규정되는 것이 싫다. 어떤 형의 틀 속에 들어가고 싶지 않다. 영원한 미정아(未定兒)다.


**XXVIII-15**

일정한 내 글씨체가 없다. 내 사인이 그때마다 다르다.


**XXVIII-16**

남이 시키는 일은 도무지 하기 싫고 내가 시키는 일만 하려는 아집이 있다.


**XXVIII-17**

나는 평균화되고 싶지 않은 사람.


**XXVIII-18**

나는 속물을 싫어하는 속물이다.

## XXVIII-19

그림도 잘 그리는 어느 소설가가 듣기 좋으라고 하는 말이
내 얼굴은 "괴테와 나폴레옹을 섞은 인상"이라고 하고, 바
둑을 좋아하는 어느 시인은 내 얼굴에 "빈삼각이 없다"고
한다.


## XXVIII-20

나는 얼굴이 검고 속살이 희다. 위악자(僞惡者)다.


## XXVIII-21

나는 눈도 크고 귀도 크고 입이 작다.
많이 보고 많이 듣고 적게 말한다.


## XXVIII-22

나는 혼자 뛸 때 1등을 하는 사람.
나는 나 외에는 아무와도 경쟁하지 않는다.


## XXVIII-23

혼자 뛰라면 나는 최선을 다해 뛴다.
남과 같이 뛰라면 차선을 다해 뛴다.


## XXVIII-24

남과 같이하는 일은 무엇이나 서투르다.

### XXVIII-25

내게는 늦가을 같은 찬바람이 있다.

### XXVIII-26

복잡한 듯한 나는 심플한 것을 좋아한다.

### XXVIII-27

나를 키운 건 8할이 물이다.

### XXVIII-28

자신 있는 것이 있다. 끊는 것.

### XXVIII-29

나는 거울 같은 사람이다. 강자 앞에서는 강하고 약자 앞에서는 약하다.

### XXVIII-30

내리막길에서 자동차의 액셀러레이터를 밟는 사람을 나는 경멸한다. 약자에게 강한 사람이다.

### XXVIII-31

나는 모든 것을 한꺼번에 손대려고 하는 전부주의자다. 한 가지 일만 하고 있지 못하고 동시에 여러 가지 일을 하려고 한다.

## XXVIII-32
나는 무방비도시다. 자기방어를 할 줄 모른다.

## XXVIII-33
나의 지각(知覺)은 항상 지각(遲刻)한다.
남이 가해를 해 오면 이튿날 분해진다.

## XXVIII-34
나는 우파. 좌뇌(左腦)에 약하고 우뇌(右腦)에 강하다.
좌뇌는 논리적 사고와 비판력을 관장하고 우뇌는 감각
과 정념을 다스린다. 나는 파토스(pathos)가 있고 로고스
(logos)가 없다.

## XXVIII-35
내가 얼마나 감각적이냐 하면, 시계를 안 보고도 시간을 알
아맞힐 때가 많다.

## XXVIII-36
나의 보수주의는 유행이 한참 지난 옷가지 하나도 쉽게 바
꾸지 못하고, 작년 달력도 함부로 치우지 못한다.

## XXVIII-37

자기는 실컷 남편을 욕하지만 남이 자기 남편을 욕하는 것은 참지 못하는 모든 아내들처럼, 나는 내 자신을 곧잘 비판하지만 남이 나를 비판하는 것은 못 견딘다.

## XXVIII-38

나는 왕당파다. 대중을 불신한다.

## XXVIII-39

정신적으로 치사하리만큼 사치스러운 나의 당디즘(dandysme).

## XXVIII-40

나는 나를 무시하는 사람을 무시한다. 나를 필요로 하지 않는 사람은 나도 필요로 하지 않는다.

## XXVIII-41

나와 주음(keynote)이 맞는 사람이 잘 없다.

## XXVIII-42

나는 우월감이 없지만 열등감도 없다.

## XXVIII-43

나는 손이 서툰 사람. 내 손이 내 말을 잘 듣지 않는다.

## XXVIII-44

나는 조개다. 누가 건드리면 입을 다물어버린다.

## XXVIII-45

나는 비 오는 날이면 새 양복을 입고 밖에 나가고 싶어 좀 이 쑤시는 사람.

## XXVIII-46

책임을 완전히 지든지 완전히 안 지든지 한다. 나는 간섭 않고 간섭 안 받는다.

## XXVIII-47

장기나 바둑을 절대로 물리지 않는다. 남이 두는 장기나 바 둑을 절대로 훈수하지 않는다.

## XXVIII-48

나는 열면 닫을 생각부터 한다.

## XXVIII-49

나는 영원한 아마추어다. 장인 정신이 약하다.

## XXVIII-50

나는 바닷가의 모래를 훔치는 사람(furari litoris arenas), 남에게 아무 가치 없는 것을 소중히 여긴다.

## XXVIII-51

나는 도전자 편이 아니라 챔피언 편이다. 녹아웃 당하는 챔피언을 차마 못 본다.

## XXVIII-52

나는 힘 있는 현직보다 힘 빠진 전직과 더 친하다.

## XXVIII-53

홍보는 것인지 칭찬하는 것인지, 나를 보고 시험이 끝나자 공부를 더 열심히 하는 사람이라고 누가 말했다.

## XXVIII-54

내게 가장 맛있는 것은 물이요, 그다음이 공부였다.

## XXVIII-55

나는 노는 재주가 없다. 어릴 때도 연날리기, 팽이치기, 제기차기를 잘 못했다.

## XXVIII-56

나는 턴다. 옷의 먼지를 털듯이 사람을 턴다.

## XXVIII-57

어디로 갔는지 모를 만년필 뚜껑을 못 찾으면 종일 다른 일을 못 하는 사람이 나요, 책상 서랍이 걸려 열리지 않는 것이 세상에서 가장 신경질 나는 일인 사람이 나다.

## XXVIII-58

나는 소수의견파다.

## XXVIII-59

나를 미워하는 사람을 보라. 그는 가짜니라.

## XXVIII-60

내가 증오하는 사람을 증오하지 않는 사람이 있으면 나는 그 사람을 더 증오한다.

## XXVIII-61

성공한 사람은 모두 게임을 좋아하는 사람이라는데, 게임이 싫은 나는 성공한 사람이 아니다.

### XXVIII-62

나는 에리히 프롬이 말하는 '저축형' 성격이라 현재보다 과거
와 친하다.


### XXVIII-63

나는 정을 줄까 봐 겁나고 정을 받을까 봐 겁난다.


### XXVIII-64

나는 빛만 있고 열은 없는 사랑을 하는 사람이다.


### XXVIII-65

나는 아프지 않기 위해 진통제부터 복용하고 사랑을 시작
하는 사람이다.

그러니 어찌 사랑이 뜨겁겠는가.


### XXVIII-66

나는 누구에게도 사랑한다는 말을 하지 않는다.

언제 사랑하지 않게 될는지 모르므로.


### XXVIII-67

울면서도 거울을 쳐다보는 우리 아기의 아버지가 나다.

**XXVIII-68**

나는 순금에 도금하는 사람.

**XXVIII-69**

나는 질문할 뿐 대답할 줄 모른다.

**XXVIII-70**

나는 대답할 줄 모른다.
뻔히 아는 것도 남이 물으면 금방 몰라진다.

**XXVIII-71**

나는 물어만 놓고는 대답을 귀담아듣지 않는다.
묻는 재미로 묻고 있는 것이다.

**XXVIII-72**

나는 독재자인가, 합창을 좋아한다.

**XXVIII-73**

나는 통역이 서투르다. 우리말을 우리말로도 잘 못 옮긴다.

**XXVIII-74**

나는 사전으로 공부한 사람이라 지식에 체계가 없다.

**XXVIII-75**

나는 무생물과도 잘 싸운다.

무생물은 생물보다도 내 말을 잘 안 듣는다.


**XXVIII-76**

감정의 피부가 너무 얇아 남과 감정의 살갗을 부비지 못한다.


**XXVIII-77**

나의 정조(情調)는 단조(短調)다.


**XXVIII-78**

나는 가끔 남을 놀라게 하는 사람.


**XXVIII-79**

나는 남을 무시하지도 않지만 남에게 놀라지도 않는다.


**XXVIII-80**

나를 좋아하는 사람이 가끔 있다는 것이 나는 신기하다.


**XXVIII-81**

나는 자연처럼 진실하다.

**XXVIII-82**

나는 과학처럼 공평무사하다.

그래서 내 편이 없다.


**XXVIII-83**

나는 착하디착한 사람을 보면 왈칵 눈물이 난다.


**XXVIII-84**

나는 불규칙동사다.


**XXVIII-85**

나는 남을 흉내 내지 않고 남은 나를 흉내 낼 수 없다.


**XXVIII-86**

동류가 없으므로 나는 유유상종하지 못한다.


**XXVIII-87**

내게 적이 있는 것을 보면 나도 강자인가 보다.


**XXVIII-88**

내가 가장 존경하는 인물은 영웅보다는 천재다.

**XXVIII-89**

나에게는 어울리는 감투가 없다.

내 머리에는 어울리는 모자가 없듯이.


**XXVIII-90**

나는 바다에서 자랐기 때문에 올려다볼 뿐 내려다볼 줄을
모른다.


**XXVIII-91**

내가 남한테 너무 짜증을 낸다고 짜증 내지 말라.

나는 나한테 더 짜증을 내는 사람이다.


**XXVIII-92**

내게는 빈자리가 없는 주차장이 없다.

돌파구를 잘 찾는다.


**XXVIII-93**

평생 그날그날 신문을 만드는 신문쟁이를 해서일까, 일을
내일로 미루는 사람을 두고 못 본다.


**XXVIII-94**

나의 칼러는 적과 흑이다. 성속(聖俗)이 공존한다.

**XXVIII-95**

나는 본새를 찾는 외형주의자다. 물건을 고를 때 질보다는
예쁜 것을 찾는다.

**XXVIII-96**

나는 무늬가 싫다. 넥타이도 벽지도 집기도 무늬 있는 것은
고르지 않는다.

**XXVIII-97**

나는 꾸밈이 싫다. 짙은 화장을 하고 요란한 치장을 한 여
성을 바로 쳐다보지 못한다.

**XXVIII-98**

까다롭기로 치면 나는 시인 쪽에 가깝다.

**XXVIII-99**

가장 안주하고 싶은 세계는 당시(唐詩)의 세계다.

**XXVIII-100**

나는 시정신이 강하고 산문정신이 약하다.

**XXVIII-101**

아주 잘하고 아주 잘 못한다. 교졸(巧拙)의 편차가 아주 심

하다. 귀신이요 등신이다. 천재요 천치다.

## XXVIII-102
나는 가끔 마음을 텅 비우기 때문에 모자라는 듯이 보일 때가 있다.

## XXVIII-103
나한테 정떨어지고 싶은 사람은 나하고 며칠만 같이 살자.

## XXVIII-104
사람을 볼 줄 모르는 사람, 특히 나를 볼 줄 모르는 사람을 나는 볼 줄 안다.

## XXVIII-105
나는 무신(無信)주의자다.
나는 신앙이 없고 미신도 믿지 않는다.

## XXVIII-106
로마의 역사는 지루한 페이지가 없고, 나의 하루는 심심한 시간이 없다.

## XXVIII-107
나는 나와 가장 친한 친구가 나 자신이다.

나는 나와 같이 있으면 지루하지 않다.


### XXVIII-108

나는 남에게는 재미없는 사람이지만 나에게는 재미있는 사람이다.


### XXVIII-109

나는 나를 사랑하나 보다.

그러나 꼭 나 같은 사람이 있으면 나는 절대로 그를 사랑하지 않을 것이다.


### XXVIII-110

나는 번역될 수 없다. 내 이름을 외국어로 번역할 수 없듯이.


### XXVIII-111

사람들은 나를 보고 전혀 이해할 수 없는 일면이 있다고 한다. 발타자르 그라시안은 "남에게 너무 쉽게 파악되는 사람이 되지 말라."고 했다. [『세상을 사는 지혜』 §253]


### XXVIII-112

나는 수학처럼 난해하다. 나를 풀 줄 아는 사람에게는 재미나는 사람이고 나를 풀 줄 모르는 사람에게는 골치 아픈 사람이다.

## XXVIII-113

세상에 나서 나를 가장 정확하게 이해한 사람은 누구일까.
부모도 아니요 친구도 아니요 나 자신도 아니다. 내가 남에
게 이해되는 것은 어느 일면일 뿐이요 나 자신도 나와 등진
일면은 이해하지 못한다.

## XXVIII-114

나는 왜 나 자신을 두고 이다지도 할 말이 많은가.
"자신에 관해 말을 많이 함으로써 자신을 감출 수도 있다"
고 한다. [니체, 『선악을 넘어서』 §169]
내가 나 자신에 대해 요설이 많은 것은 내 정체를 숨기기
위해서이기도 하다.

## XXVIII-115

디오게네스는 대낮에 등불을 들고 인간을 찾고 있었고,
니체는 대낮에 등불을 들고 신을 찾고 있었고,
나는 대낮에 등불을 들고 나를 찾고 있었다.

## XXVIII-116

셰익스피어의 『리어왕』에 나오는 리어왕의 목소리로 나는
묻는다.
"내가 누구인지 나한테 말해줄 사람 누구 없느냐(Who is it
that can tell me who I am)."

## 29. 나를 나 되게 만들 사람은 나뿐이다 - 나는 이렇게 살아왔다

**XXIX-1**

고등학교 때의 내 일기장에 이렇게 씌어 있다.

"나를 나 되게 만들 사람은 나뿐이다."

나는 이것을 지도 이념으로 평생을 살아왔다.

**XXIX-2**

내 인생의 헤이데이(heyday)는 회갑의 해였다.

이 해에 나는 내가 사들인 조그만 무인도에서 결혼식을 올렸다.

내 결혼식의 예식장을 스스로 만드는 데 60년이 걸렸다.

**XXIX-3**

어느 여류 시인이 나에게 하는 말이,

"어떤 여자도 당신을 홀리지 못했는데 단 한 여자가 당신을 홀리기 위해 나왔다. 그 여자가 당신의 딸이다".

나는 "아름다운 어머니보다 더 아름다운 딸"[호라티우스,

『카르미나』]이 태어나기를 기다렸다가 그 딸을 화동으로 앞세우고 결혼식을 거행했다.

## XXIX-4

대학 동기이면서 주례를 맡았던 노재봉 전 총리는 "그림 같은 결혼식이었고, 김성우 자작 주연의 드라마였다"고 평했다.
나는 운명이 써 준 각본에 따라 살아 온 것이 아니라 스스로 각본을 쓰고 연출하고 출연하면서 인생을 살아 왔고 이 결혼식은 그 모델 케이스였다.

## XXIX-5

내 자전적 에세이집 『돌아가는 배』를 읽고 어느 지인은 "당신은 당신 구상대로 인생을 살아 온 사람"이라고 내게 말했다.
나는 인생을 무의식적으로 살아 온 것이 아니라 의도적으로 살아 왔고 이 책은 그 기록이다.

## XXIX-6

나의 평생은 흐름을 따라 흐름을 타면서 흐르지 않고 스스로 헤엄치려고 발버둥쳐 온 안간힘의 나날이었다.

## XXIX-7

나는 늘 팽팽히 당겨져 있는 활줄이었다. 언제나 온 몸에 힘이 뻗쳐 있었다. 평생 동안 긴장했다.

## XXIX-8

나는 세상에 대해 버티고 저항했다.

세상 마음대로 살아 주지 않고 내 마음대로 살려고 했다.

내가 세상에 잘못 생겨난 것이 아니라 세상이 잘못 생겨난
것이다.

## XXIX-9

세상에 내 마음에 드는 사람이 드물다.

세상 사람들도 내가 마음에 들지 않을 것이다.

## XXIX-10

'섰다' 노름판에서 장땡을 손에 쥐었을 때 슬그머니 패를
엎어 던져 버리는 사람을 나는 나 말고는 본 적이 없다.

이 천하무적의 허무감. 내게는 반드시 이길 싸움은 비겁한
싸움이다.

## XXIX-11

마작을 같이해 본 어느 고교 동창생이 나중에 나보고 하는
말이,

"악착같이 돈 딸 생각을 안 하는 것이 신선의 경지더라."라
고 했다.

나는 처음부터 오늘은 얼마 정도만 잃자 하고 노름을 시작한다. 그러니 번번이 돈을 잃는다.

나는 인생을 이 노름판처럼 살아왔다. 내게 인생은 놀이이지 승부가 아니다.

### XXIX-12

나는 계산하지 않는 사람이다.

신문사에 있을 때 어느 부장이 상사인 나를 보고 "아무 계산을 하지 않고 솔직해서 좋습니다"라고 말했다.

### XXIX-13

어릴 때 사람들은 나를 보고 꾀가 많다고 했다. 꾀가 있어도 잔꾀를 부리지는 않는다.

### XXIX-14

나는 어릴 때 두 가지 열등감이 있었다. 가난과 신체의 허약.

내 평생은 이 열등감의 승화 과정이었다.

### XXIX-15

내 평생 어떤 성찬이나 진미도 어릴 적 배곯을 때 어쩌다 얻어먹던 하얀 쌀밥 한 숟갈보다 더 맛있었던 것은 없다.

## XXIX-16

나는 까다로운 사람이지만 까다롭지 않은 것은 식성이다.
자랄 때 너무나 굶었기 때문이다.

## XXIX-17

나는 사십대가 될 때까지도 지갑을 가지고 다니지 않았다.
지갑에 넣을 것이 없었다.

## XXIX-18

"주위를 보니 나만 재산이 없는 것 같다"고 내가 말했더니
어느 지인이 하는 말이,
"김 형은 김 형 자신이 재산 아니요".
이 날부터 나는 스스로 부자가 되었다.

## XXIX-19

밥을 굶어보지 않은 사람은 예비할 줄을 모른다.
밥을 굶어본 사람은 만사에 이솝우화에 나오는 개미들처럼 예비한다.
나는 자동차를 몰 때도 좌회전을 하려면 멀찌감치부터 1차선에 들어선다.

## XXIX-20

어릴 때 몸이 허약했던 나는 힘 있는 주먹 앞에 무력했다.

누가 때리면 그저 얻어맞기만 했다. 나는 왜 그런 겁쟁이였던가. 이 바보야, 왜 실컷 맞더라도 악착같이 달려들지 못했던가. 쓰러지면 일어나고 또 쓰러지면 코피를 훔치며 또 일어나고 했어야지…….

### XXIX-21
몸이 야위니 운동이 싫었고, 운동을 안 하니 몸이 굳어 몸의 힘이 빠지지 않았고, 몸이 유연하지 못하니 정신도 유연하지 못했다.

### XXIX-22
나이 들면서 나의 약골은 오히려 내 몸을 군더더기 없는 건강체로 만들었다.
어릴 때부터의 나의 공복은 단식처럼 나의 체질을 강화했다.

### XXIX-23
나는 인색하다. 돈에도 인색하고 칭찬에도 인색하고 애정에도 인색하다.

### XXIX-24
나의 깍쟁이 근성은 시간 하나도 넉넉히 가지고 다니지 못하고 늘 바빠 서두른다.

## XXIX-25

내가 인색했던 것은 젊은 날의 가난 탓일 것이다.

중국 춘추시대의 월(越)나라 명재상이던 범려(范蠡)는 큰 부자가 되고 난 뒤 작은아들이 외국에서 사람을 죽여 그를 구하러 큰아들을 보냈으나 큰아들은 구하지 못하고 그냥 돌아왔다. 그러자 범려가 말했다. "그럴 줄 알았다. 큰애는 어릴 때 집이 가난하여 고생을 했기 때문에 돈 쓸 줄을 몰라 동생을 죽음에 이르게 한 것이다." [사마천, 『사기』 월왕 구천세가]

## XXIX-26

나는 인색하지만 치사하지는 않다.

나는 내 결혼식에 청첩장을 돌리지 않은 사람이다.

## XXIX-27

인색한 나는 남에게 잘 주지 않지만 남한테서 함부로 받지도 않는다.

어쩌다 남이 주는 공돈이 생기면 와락 멀미가 난다.

## XXIX-28

주는 것은 받기 위해서다. 사랑을 주는 것도 사랑을 받기 위해서다.

나는 받지 않기 위해 주지 않는다. 술잔도 남이 억지로 권

하는 것이 싫어서 남에게 주지 않는다.


## XXIX-29

나는 남에게 잘 주지 않지만 줄 때는 크게 준다.
나는 크게 베풀기 위해 아낀다.


## XXIX-30

나는 잔돈을 아끼고 큰돈을 아끼지 않는다.
"심용담(沈龍潭)은 '엽전 열 꾸러미는 쉽게 사용하고 엽전 1, 2문(文)은 무겁게 지니고 내놓지 말아야 한다'고 말했는데, 이는 지극한 이치가 있는 말이다. 큰 것을 아끼는 사람은 큰 이익을 도모하지 못하고, 작은 것을 손쉽게 여기는 사람은 헛된 낭비를 줄이지 못한다." [정약용, 「윤종억에게 당부한다」]


## XXIX-31

내가 돈을 아끼는 것은 남의 돈을 빌리지 않기 위해서다.
나는 빚을 지고 있으면 온몸에 이가 스멀스멀한다.


## XXIX-32

쟁반에 담긴 과일을 제일 큰 것부터 골라 먹는 사람은 언제나 제일 큰 것만 먹는 사람이요, 큰 것을 아끼느라 제일 작은 것부터 골라 먹는 사람은 언제나 제일 작은 것만 먹는 사람이다.

나는 그런 줄 알면서도 언제나 작은 것부터 먹는다. 큰 것부터 먹으면 남는 것이 자꾸 작아져 가고, 작은 것부터 먹으면 남는 것이 자꾸 커져 가기 때문이다.

## XXIX-33

나는 구약성서의 욥처럼 내 속에 부끄러움이 가득하다.

## XXIX-34

나는 내 이름자만 보아도 부끄럽고 내 이름만 들어도 부끄럽다.

## XXIX-35

나는 내 이름이 부끄러운 사람이라 명함이 없다.

꼭 나를 소개하고 싶을 때는 내 자전인 『돌아가는 배』책을 준다.

내 책 한 권이 내 명함 한 장이다.

## XXIX-36

나는 잘못한 것이 부끄러운 것이 아니라 잘한 것이 부끄러운 사람이다.

1등이 싫어 언제나 2, 3등에 스스로 만족했다.

## XXIX-37

중학교에 입학한 첫날 첫 시간. 교모를 살 돈이 없어 집에서 아버지가 만들어준 이상한 내 모자를 보고 담임 선생님이 나를 불러내 교단에 세웠다. 하도 부끄러워 엉겁결에 혀를 몇 번 날름했다가 선생님한테 실컷 언어맞고 교무실에서 하루 종일 벌을 섰다.

이날부터였다. 이것이 트라우마가 되어 나는 평생 부끄러웠다.

## XXIX-38

나는 수줍지만 비겁하지는 않다.

흔히 독재자가 수줍다.

## XXIX-39

나의 부끄러움은 나의 칼집이었다.

부끄러움이 없었더라면 나의 칼은 어떻게 마구 휘둘려지고 있었을는지 장담할 수 없다.

## XXIX-40

나는 수치심이 과하므로 염치심이 많다.

염치는 부끄러움에서 나온다.

내가 가장 미워하는 사람이 염치를 모르는 얌체다.

## XXIX-41

내가 초등학교에 입학하는 딸에게 준 삼훈(三訓)이 있다.

"부지런하여라. 명랑하여라. 제 잘못이 아니거든 부끄러워하지 말아라."

## XXIX-42

나는 하늘의 일(天事)에 능하고 사람의 일(人事)에 서투르다. 정도만 잘 따지고 사람들과 잘 교접하지 못한다.

소식(蘇軾)이 한유(韓愈)를 평해 "그가 능한 것은 하늘의 일이요, 능하지 못한 것은 사람의 일이었다"고 말했듯이.

## XXIX-43

"우리는 허영심에서만 자기 결점을 자백한다"는데[라로슈푸코, 『잠언과 성찰 · 보유』§35],

내가 내 결점을 자백하지 않고 못 배기는 것은 내 허영심 때문이던가.

## XXIX-44

내가 나의 약점을 털어놓지 않고는 못 배기는 것은 나의 결벽성 때문이다.

## XXIX-45

내가 사람을 기피하는 것은 사람을 경멸해서가 아니라 내 약점이 탄로나는 것을 두려워해서다. 자백과 탄로는 다르다.

## XXIX-46
나의 아버지는 큰 재능이 있었으나 그 재능을 쓸 기회가 없었다.
나는 재능을 쓸 기회는 있었으나 아버지만한 재능이 없었다.

## XXIX-47
고골이 연극을 처음 접한 것은 어릴 때 아버지가 대본을 쓰고 연출을 한 연극을 통해서였다. 내가 꼭 그랬다. 그러나 고골은 대극작가가 되었고, 나는 기껏 명예배우가 되었다.

## XXIX-48
아버지로부터 배운 나의 문화주의는 가난한 내가 부자로 사는 방법론이었다.

## XXIX-49
내가 만난 첫 문화는 댓 살 때 섬에 들어온 단편 만화의 활동사진이었다. 그때 바깥세상에서는 「바람과 함께 사라지다」(1939)가 상영되고 있었다. 그 낙차가 오늘날 내 문화의 키다.

## XXIX-50

아미엘은 『일기』에서 "나는 늘 사물을 어둡게 보는 데서 시작한다. 최악의 경우를 생각하고 극단적인 결과를 예상한다. 이것은 너무 희망을 바라보지 않는 성격, 조금 병적인 감수성에서 나오는 것이다"라고 썼다.

나를 두고 하는 말이다.

## XXIX-51

안톤 체호프는 무슨 계획을 세울 때는 신이 났다가도 막상 그것이 실현될 수 있게 되면 금방 낙담하는 성미였다.

나도 마음먹고 무슨 책을 사러 책방에 갔다가도 그 책이 있으면 금방 사기 싫어진다.

## XXIX-52

나는 핸드폰이 없다. 그러나 집에 팩스기는 있다. 그런 통신으로 세상과 교신한다.

## XXIX-53

나는 궁금한 것이 많다.

그래서 형사처럼 꼬치꼬치 묻는다. 사람들이 내 말투를 형사의 말투라고 흉본다.

### XXIX-54

나는 디즈레일리처럼 "낭만적 제국주의자"이다.

### XXIX-55

"이국의 여왕을 사모도 해보던 초부."
학생 때 이런 구절의 시를 습작한 적이 있다.
나는 평생 이런 허영심의 초부였다.

### XXIX-56

평생에 가장 기뻤던 순간은 내가 서울대학교에 합격했던
때가 아니라 내 딸이 서울대학교에 합격했을 때다.

### XXIX-57

나는 옷 입을 줄을 잘 모른다.
화장한 얼굴이 가면이듯이 잘 입은 옷은 가장 아닌가.

### XXIX-58

나는 싸구려 구두를 신고 다니지만 집에는 언제나 BALLY
새 구두가 있고, 허름한 양복을 입고 다니지만 집에는 언제
나 외제 새 고급 양복이 있다.

### XXIX-59

"내가 내 것을 훔친다"는 말이 있지만[몰리에르, 『수전노』

5막 2장],

나는 이따금 나한테서 돈을 꾸었다가 갚기도 하고, 이따금 나한테 보너스를 주기도 한다.

## XXIX-60

내가 좋아하는 사람은 다 나를 좋아하는 줄 알았다.
내가 좋아하는 사람도 나를 미워하는구나.

## XXIX-61

세상 사람들이 다 나를 좋아해주기를 바란 것이 잘못이었다.
"온 세상 사람들이 다 자기를 좋아해주기를 바란다면 나는 그 사람됨을 가엾게 여긴다"고 했다. [오종선(吳從先, 明), 『소창청기(小窓淸記)』]
헤르만 헤세의 『데미안』에 나오는 데미안은 누구에게도 마음에 들려고 노력하지 않는 소년이었다.

## XXIX-62

젊은 날에는 다들 나를 칭찬했다. 나 말고는.
나이 드니 다들 나를 흉본다. 나 말고는.

## XXIX-63

"가장 현명한 사람은 적어도 한 달에 한 번은 자기를 바보 취급하는 사람"이라는데[도스토옙스키, 『작가의 일기』],

너무 자주 나를 바보 취급하는 나는 너무 현명한 사람이다.

### XXIX-64

나는 사회의 열등생이 되더라도 학교의 우등생이 되고 싶은 사람.

사회에 나와 받은 어떤 상도 학창 시절의 우등상만큼 자랑스럽지 않다.

### XXIX-65

나는 생각하는 소년이었다.

초등학교 학적부의 교과 개평란에는 4학년과 5학년때 "사상형", 6학년 때는 "사고력이 풍부함"이라 기록되어 있다.

선생님들은 어린 학생의 사상성을 어떻게 발견했을까.

나는 지금도 길을 가면서도 생각하느라 아는 사람의 인사를 제대로 받지 않아 실수를 한다.

### XXIX-66

"침묵은 무해하다"지만, 나는 나의 침묵성 때문에 나를 방어하지 못하고 얼마나 많은 피해를 입었던가.

### XXIX-67

프랑스의 로슈(Loches) 성벽에는 "나는 말한 것을 후회한 적은 있어도 말하지 않은 것을 후회한 적은 없다"고 새겨져 있지만, 나는 말하지 않은 것을 후회할 때가 더 많다.

## XXIX-68

받아들여지지 않을 의견은 나는 아예 말하지 않는다.
그래서 나는 말수가 적다.

## XXIX-69

나는 서머싯 몸의 『인간의 굴레』에서 나오는 필립처럼 나와 다른 견해를 들으면 참지 못하는 성미다.

## XXIX-70

나는 사라미스섬의 동굴에 처박혀 종일 바다만 보고 살던 고대 그리스의 비극 시인 에우리피데스처럼 잘 웃지 않는다.

## XXIX-71

나는 대중 코미디를 보지 않는다. 조금도 우습지 않다.
그러다가 그런 코미디를 보면서 웃고 있는 사람을 보면 우스워진다.

## XXIX-72

나는 시를 쓰지 않는 시인이요, 무대에 서지 않는 배우다. '명예시인'(한국시인협회·한국현대시인협회 공동 추대)과 '명예배우'(한국연극협회 추대)라는 전대미문의 칭호는 내 딜레

탕티즘(dilettantisme)의 영광이다.

## XXIX-73
나는 시인이 되기에는 너무나 광기가 없고 소설가가 되기에는 너무나 잡기가 없다.

## XXIX-74
내가 명예배우인 것은 내 속에 끊임없는 드라마가 있기 때문이다.
나는 내 속의 드라마를 스스로 연기하는 배우다.

## XXIX-75
나를 기른 가락은 유행가다.
초등학교에 입학하기 전 우리 집에는 섬에서 유일한 유성기가 있었고 이 유성기에서 날마다 흘러나오는 노래가 고복수의 「타향살이」와 황금심의 「알뜰한 당신」이었다.
뒷날 「타향살이」의 작곡가 손목인은 이 노래의 친필 악보를 액자로 내게 선물해 주었고, 황금심은 내 결혼식 때 유성기에서 나와 「알뜰한 당신」을 육성으로 불러 축하해 주었다.

## XXIX-76
나는 성공한 사람이라 할 수는 없더라도 적어도 성취한 사람이라 할 수는 있다.

성공은 남의 눈으로 보는 관점이요, 성취는 자신의 눈으로 보는 관점이다.

### XXIX-77

멋있는 인생이 어떤 것인지는 몰라도 나는 적어도 맛있는 인생이고 싶었다.

멋은 남의 입맛이요, 맛은 자신의 입맛이다.

### XXIX-78

나는 슈펭글러가 말하는 '이집트주의자'다. 이집트인은 미라를 만들듯이 일체를 망각하지 못했다. 이집트주의자는 뭐든지 한 가지도 버릴 수가 없어 모조리 이삿짐에 싸 들고 다닌다.

### XXIX-79

나는 셰익스피어의 작품에 등장하는 두 인물과 친하다.

『아테네의 타이먼』의 염인주의자 타이먼과,

『코리올라누스』의 대중 경멸자 코리올라누스다.

### XXIX-80

역사상에는 나의 동지가 적어도 넷 있다.

헤라클레이토스, 테오그니스, 볼테르, 니체.

이들은 모두 대중 혐오자였다.

## XXIX-81
나는 늙은이로 태어나 어린이로 늙어간다.
어릴 때 철이 일찍 들더니 나이 들면서 철이 일찍 없어진다.

## XXIX-82
내 속에 아이와 어른이 공존한다.
김환태(金煥泰)가 시인 정지용을 두고 "그는 그의 속에 어른과 어린애가 함께 살고 있는 어른 아닌 어른, 어린애 아닌 어린애다"라고 평했다. [「정지용론」]

## XXIX-83
나이 들면서 젊을 때와 달라진 것이 세 가지다.
젊을 때는 빨간 넥타이가 질색이더니 나이 드니 예사다.
젊을 때는 국악이 죽도록 싫더니 나이 드니 정이 든다.
젊은 때는 역사책이 별로 흥미 없더니 나이 드니 제일 재미있다.

## XXIX-84
뒤늦게야 깨달은 나의 삼비(三非)가 있다.
세심인 줄 알았더니 소심이었고,
정직인 줄 알았더니 순진이었고,

근면인 줄 알았더니 조급이었다.

## XXIX-85

내가 글을 쓰는 것은 남의 글을 읽기 위해서다.
원고료를 받으면 그 돈으로 꼭 책을 산다.
되로 주고 말로 받는 것이다.

## XXIX-86

나는 고전을 주로 읽고 갓 나온 베스트셀러는 잘 읽지 않는다.
나는 경학(經學)의 책을 가까이하고 실학(實學)의 책을 멀리한다.
지나고 보니 경학은 실학에 백전백패다.

## XXIX-87

"육체는 슬프다. 아, 그리고 나는 모든 책을 다 읽었다." [말라르메, 「바다의 미풍」]
나는 교과서도 읽었고 경사백가서(經史百家書)도 읽었다.
일간신문도 읽었고 세계지도도 읽었다. 세상을 섭렵했고 인생을 독파했다.
그런데도 나는 왜 이렇게 어리석은가.
아는 것이 많아질수록 모르는 것은 더 많아진다.
지금까지 나는 너무나 모르는 것이 많은 채 살아왔구나.
무엇을 모르는지도 모르고 살아온 부지무지(不知無知)의

일생이었다.

## XXIX-88

나는 사르트르의 단편 「대장의 어린 시절」에 나오는 뤼시
앵의 말처럼 "나는 너무 세심해서 나를 너무 분석한다".

## XXIX-89

나는 톨스토이처럼 복잡하다.

그는 자신 속에 여러 톨스토이가 함께 생활하고 있기라도
하듯이 복잡한 성격을 소유하고 있었다.

## XXIX-90

나는 장 자크 루소처럼 모순적이다.

그는 『고백록』에서 "내 속에는 거의 양립할 수 없는 두 가
지 것이 결합해 있어 마침내는 나를 내 자신과 모순되게 했
다"고 썼다.

## XXIX-91

나는 나폴레옹처럼 양면적이다.

그는 수학 정신과 공상력을 함께 가지고 있었다.

## XXIX-92

나는 몽테뉴를 닮았다. 그는 『수상록』에서 이렇게 자신을

말한다.

"나는 아첨꾼으로 보이는 것이 죽도록 싫다. 그래서 자연히 덤덤하고 직선적이고 퉁명스러운 말투가 되고 만다. 그러니 나를 다른 점에서 모르는 사람들은 나를 거만한 인간으로 보기 쉽다."

"나는 남의 의견을 쉽게 받아들이지 않는 대신 내 의견을 남에게 강요하지도 않는다."

"나는 나 외에 누구에게 매달리는 것도 누구를 매달리게 하는 것도 싫다."

### XXIX-93

기력이 쇠해지는 나이가 되니 이제 나는 나를 내던지기 시작한다. 보릿자루처럼.

지금까지 나는 나를 너무 오랜 동안 들고 있었다.

### XXIX-94

소설가 박경리 씨는 내 『돌아가는 배』를 읽고 "나이브한 나르시시즘"이라고 평했다.

나는 순진했다. 그러나 내 평생은 오히려 남들이 희롱해 온 내 순진성의 개가다.

### XXIX-95

나는 이렇게 살아왔다.

이런 나를 보고 복 많은 사람이라고 말하는 사람들도 있으니.

## 30. 나는 섬이었다 – 나와 고향

**XXX-1**

태어나 보니 섬이었다.

둘러보아야 온통 바다뿐, 들리는 것이라고는 파도 소리뿐, 사위(四圍)는 절해(絶海), 절대의 바다가 나를 가두고 있었다. 나는 죄명 모를 수인이었다. 눈 뜨면서 그 절망을 울었다. [자전적 에세이집 『돌아가는 배』 첫 구절]

**XXX-2**

나는 섬이었다.

고은 시인은 『만인보』에서 내 이름을 시제로 하면서 "그는 섬이었다"고 썼다.

나는 평생을 섬처럼 살아왔다.

**XXX-3**

작은 섬에서 태어난 나는 소인이었다.

나는 내가 소인인 줄도 모르는 소인이었다. 『장자』에 나오

는 거백옥(蘧伯玉)은 나이 60에 59년의 비(非)를 깨달았다
더니, 나는 나이 70에야 69년 동안 소인이었음을 깨닫는다.

**XXX-4**

나는 평생 괭이로 파야 할 것을 호미로 파고 있었다.

**XXX-5**

산고인소(山高人小)한 동양의 산수화처럼 거시적 인생관
을 갖지 못하고 인생을 미시적으로 살아왔다.

**XXX-6**

나는 소인이지만 소인을 알아보는 소인이고 소인을 미워
하는 소인이다.

**XXX-7**

나더러 너무 세심하다고?
하나님을 보아라. 얼마나 세심한가.

**XXX-8**

나는 소소하기만 한 것인가.
섬은 작지만 바다는 크다.
그리고 바다 없는 섬은 없다.
나는 소소대대(小小大大)하다.

## XXX-9

심소담대(心小膽大), 나는 작은 일에 소심하고 큰일에 대담하다.

작은 아픔은 못 참아도 큰 아픔은 잘 참는다.

잔돈은 아끼지만 큰돈은 아끼지 않는다고 말하지 않았던가.

## XXX-10

나는 대인이다.

아리스토텔레스가 말하는 메갈로프쉬키아(프라이드 있는 사람)가 대인이라면, [『니코마코스 윤리학』 4권 3장] 나는 대인에 가깝다.

메갈로프쉬키아는,

– 가장 꺼리는 것이 수치와 불명예다.

– 호운(好運)을 만났다고 해서 지나치게 좋아하지 않고, 불운을 만났다고 해서 지나치게 괴로워하지 않는다.

– 반드시 공공연히 미워하고 공공연히 사랑한다.

– 별로 경탄하는 일이 없다.

– 무턱대고 남을 칭찬하지 않는다.

– 소문이나 한담을 즐기지 않는다.

– 이익이 많고 유용한 것보다는 이익은 없지만 고귀한 것을 원한다.

## XXX-11

내가 사람을 판단하는 기준은 딱 하나다. 대인이냐 소인이냐다.

대인과 소인을 판별하는 기준은 딱 하나다. 의(義)냐 이(利)냐다. (X-14 참조)

나는 항상 소리(小利)보다 대의(大義)를 앞세운다.


## XXX-12

나의 인생훈(人生訓)은 '의(義)' 한 마디다. 정의(正義)요 의리(義理)다. 신의(信義) 없는 사람, 은의(恩義) 없는 사람이 나의 주적이다.


## XXX-13

어릴 때부터 평생 동안 잊히지 않고 나를 지켜 온 우화가 세 개 있다.

학교에 들어가기 전 어머니가 들려준 옛 이야기의 눈 찔린 고양이와, 초등학교 교과서에 실렸던 미생고(尾生高)와, 역시 교과서에서 배운 오봉(吳鳳)의 이야기다.


옛날 옛적에 어느 외딴집 할머니가 고양이 한 마리를 애지중지 기르며 끼니마다 밥을 떠먹이다가 잘못하여 숟가락총으로 고양이 눈을 찔렀더니 집을 뛰쳐나간 그 고양이가 몇 년 뒤 한 쪽 눈이 먼 호랑이가 되어 나타나 할머니를 집

어삼켜 버렸다는 이야기……

옛 중국 땅의 미생고라는 정직한 젊은이는 좋아하는 여자
를 시냇물의 다리 밑에서 만나기로 약속하고 기다렸으나
폭우로 불어난 냇물이 목에 찰 때까지 여자가 나타나지 않
아 그 자리에서 물 속에 잠겨 죽고 말았다는 이야기……
[사마천의『사기』소진전(蘇秦傳)에 나옴]

중국 대만의 오봉이라는 의인은 아리산의 만족이 사람의
목을 베어 제사를 지내는 악습이 근절되지 않자 이들에게
몇 날 몇 시에 빨간 두건을 쓴 사람이 지나갈 테니 그 사람
의 목을 베라고 일렀는데 만족들이 그 목을 베고 보니 오봉
자신이었다는 이야기……

이 세 우화는 내게 은의(恩義)와 신의(信義)와 대의(大義)
의 삼의(三義)를 가르쳤다.

**XXX-14**
세상의 불의, 부정을 나는 예레미야처럼 탄식한다.

**XXX-15**
내가 부끄러움이 많은 것은 유난히 '의'를 찾기 때문이라는
것을 깨닫는다.

사단칠정(四端七情)론에 따르면 의에서 수오지심(羞惡之心)이 생긴다.

## XXX-16

나는 애정보다는 증오심이 더 발달되어 있다. '의' 때문이다.

## XXX-17

나는 바람 같은 약속도 바위처럼 지킨다.

## XXX-18

나는 신파극을 볼 적마다 창피하도록 눈물이 난다. 대개 의리극이기 때문이다.

## XXX-19

내가 평생 절대로 잊지 않는 사람이 있다. 내게 은혜를 베푼 사람과 나를 때린 사람이다.

## XXX-20

배신자－우리말 사전에 실린 낱말 중 내가 가장 증오하는 낱말이다.

## XXX-21

나는 깡패이고 싶었다.

"지적인 사람은 누구나 갱스터가 되기를 꿈꾸고 폭력으로만 사회를 지배하기를 꿈꾼다"고 한다. [카뮈, 『전락』]
옳은 것을 위해서라면 나는 먼 법보다는 가까운 주먹을 찬미한다.


## XXX-22

그러나 대의가 대인의 것이라지만 나를 소인으로 만든 것도 대의다.

내가 소소한 것은 사리 때문이 아니라 대부분 대의 때문이다.


## XXX-23

내가 가장 숭배하는 글자는 글씨체 반듯한 '바를 정(正)'자다.

정의(正義), 정직(正直), 정확(正確), 공정(公正), 정정당당(正正堂堂).

이 '바를 정'자가 나를 소소하게 만들었다.

정도(正道)가 대로인 줄 알았더니 알고 보니 소로다.

너무 바르면 꼼꼼하다고 한다.


## XXX-24

나를 흉보는 사람들은 대인인가.

정(正)도 의(義)도 고프지 않은 사람은 정의의 맛을 모른다.

### XXX-25

젊을 때 어머님이 나를 보고 "앞뒤를 재서 실수를 잘 안 한
다"고 말씀하시면서 "남자가 너무 실수를 안 하려고 하면
잘다는 소리를 듣기 쉽다"고 충고하셨다.
나를 소인으로 만든 것은 나의 정확주의다.
정확하지 않은 것은 옳지 않은 것이다.

### XXX-26

정확한 사람은 '틀림없는 사람'이다.
내 시계는 절대로 틀리지 않는다.
정확하지 않은 것은 내 것이 아니다.

### XXX-27

나는 수학에 취미가 있다.
수학은 정확한 것이기 때문이다.

### XXX-28

내가 인색한 것은 정확성 때문이기도 하다.
정품(正品)을 정량(正量)대로 정가(正價)로 치르면 인색하
다고 한다.

### XXX-29

자연은 직선을 싫어하지만, 내게는 직선보다 더 아름다운

선이 없다.

곧은 것은 아름다운 것이다.


## XXX-30

나는 유선형 캐딜락보다는 네모 반듯한 지프차를 선호한다.


## XXX-31

나는 벽에 비스듬히 걸린 시계처럼 무엇이든지 삐뚤어지게 놓인 것을 보면 어지러워진다.


## XXX-32

나는 "지혜 주머니"라 불린 한(漢) 나라 초의 조조(晁錯)처럼 초직각심(峭直刻深, 곧바르나 각박하여 은혜가 적음)하다.


## XXX-33

나는 내 자신에게도 각박하다.

자신을 용서하듯 남을 용서하라지만, 내 자신을 용서하지 못하는데 어찌 남을 용서하겠는가.


## XXX-34

나는 스스로 염평(廉平)한 사람으로 자부한다.

플라톤은 아테네의 모든 인물 중에서 아리스테이데스를

첫손꼽았다. 아리스테이데스는 청렴하고 공정하기로 유명
한 사람이었지만 도편 추방까지 당했다.

### XXX-35

"사람들은 '그 사람 부자냐?'라고만 묻지 '그 사람 바른 사
람이냐?'라고는 묻지 않는다"고 했다. [푸블릴리우스 시루
스, 『격언집』]
예나 이제나 바른 사람은 아무도 정시(正視)하지 않는 세
상이다.

### XXX-36

내가 얼마나 규범적이냐 하면 나는 입법 취미가 있다.
법규 같은 규정 만들기를 좋아한다.
고등학교 시절 나의 애독서는 유진오의 『헌법해의』였다.

### XXX-37

나는 옳고 바르고 정의롭기만 하면 존경받는 줄 알았다.
그것이 경멸의 대상인 줄을 몰랐고, 왜 그런지 지금도 모
른다.

### XXX-38

순진하다고 해도 좋고 고지식하다고 해도 좋다. 나는 정직
한 사람으로 남고 싶은 사람이다.

**XXX-39**

성경은 "지나치게 의인이 되지 말고 지나치게 지혜자도 되지 말라"[전도서 7:16]고 했지만, 나는 지나치더라도 의롭고 싶고 지나치더라도 지혜롭고 싶다.

**XXX-40**

나는 모든 것을 가득 채우려고 하는 완벽주의자다. 완전하지 않은 것은 정확한 것이 아니다.

의학적 소견으로도 완전벽이 지나친 사람은 대개 자신과 남에게 엄격하여 칭찬할 줄을 모른다고 한다.

**XXX-41**

나의 완벽주의는 무엇이든 고장 난 것을 두고 보지 못한다.

**XXX-42**

내가 완전주의자인 것은 모든 것이 예술의 상태이기를 바라기 때문이다.

완전하지 않은 것은 예술이 아니다.

**XXX-43**

나는 완전주의자라 무엇이든 반드시 관철하고야 말겠다는 악벽이 있다.

공자의 절사(絶四, 네 가지 하지 않은 것) 중의 하나가 무필

(毋必)이었다.

### XXX-44

섬은 독립, 바다는 자유.
내 인생의 깃발은 독립과 자유다.

### XXX-45

나는 자유지수(自由指數)가 유난히 높다.
바다 한가운데서 태어났기 때문일 것이다.

### XXX-46

바다는 자유의 광장이다.
잉마르 베리만의 영화 「나의 섬 포뢰」에는 "바다를 바라보면 자유를 느낀다"는 대사가 나온다.
바다 한가운데의 섬에서 나는 자유의 대기(大氣)를 심호흡하며 자랐다.

### XXX-47

나의 자유주의는 빨간 신호등 앞에만 서도 부자유스러워 못 참는다.

### XXX-48

앞차가 밉다. 내 자유를 방해하고 있기 때문이다.

뒤차도 민다. 내 자유를 압박하고 있기 때문이다.

## XXX-49

내 오랜 독신 생활도 내 자유주의 때문이고, 내 평생의 신문기자 생활도 신문기자만한 자유직업이 없기 때문이다.

내게 핸드폰이 없는 것도 핸드폰은 하나님처럼[『구약성서』욥기 7:19] 내 침 삼킬 동안도 나를 놓아주지 않기 때문이다.

## XXX-50

전제주의자가 가장 자유를 희구하듯이 나는 자유주의자이면서 전제주의자다. 투르게네프의 『귀족의 보금자리』에 나오는 이반처럼.

## XXX-51

나는 구름처럼 자유롭게 정처 없이 흘러 다니는 집시이고 싶었다.

내가 가장 애청하는 음악은 사라사테의 「치고이너바이젠」이다.

푸시킨의 서사시 「집시들」의 무대를 찾아 러시아의 키시뇨프 인근에 있는 돌나라는 집시 마을을 방문했을 때 조선족의 피가 섞인 한 집시 소년을 만나서는 나는 나를 두고 오는 것처럼 뒤돌아보며 뒤돌아보며 이 소년과 헤어졌다.

**XXX-52**

자유란 반항의 동의어라고 한다.

나의 반항아적 기질은 빨치산이고 싶었고 혁명가이고 싶었다.

젊은 날의 내 우상은 체 게바라였다.

**XXX-53**

나의 모든 약점은 출처가 나의 자유주의다.

내가 인색하고 베풀 줄 모르는 것은 나의 항산(恒産) 없이는 나의 자유가 없기 때문이다.

내가 야망이 없는 것은 욕심 없는 사람만큼 자유로운 사람이 없기 때문이다.

내가 성마르고 불관용한 것은 내 마음대로 되지 않기 때문이다.

내가 자애심이 강한 것은 그나마 내 마음대로 할 수 있는 것은 내 자신뿐이기 때문이다.

**XXX-54**

바다가 가르친 나의 자유정신이 결국은 나를 고독한 섬으로 키웠다.

혼자 있는 사람이 가장 자유스럽다.

## XXX-55

나는 등대지기이고 싶었고, 시엔키에비치의 단편 「등대지기」를 읽으며 주인공 스카빈스키처럼 울었다.

## XXX-56

고독에 길든 나는 남을 사랑할 줄 모른다.

## XXX-57

남들은 딴 사람과 같이 있을 때 할 일이 많지만 나는 혼자 있을 때 할 일이 많다.

## XXX-58

세상은 속세더라. 속물들의 세상이더라.
나의 도는 세속과 괴리되고 나의 천명은 시리와 어긋났다.
나는 섬처럼 고독했다. 그 고독을 끼룩끼룩 갈매기처럼 울었다.

## XXX-59

나는 어릴 때부터 이단아(異端兒)였다. 앨범이 생생히 증언한다.
초등학교 졸업 기념 사진을 보면 키가 작았던 내가 맨 뒷줄 맨 왼쪽에 서 있다. 중학교 때 소풍 가서 찍은 단체 사진에는 맨 앞줄 맨 왼쪽에 앉아 있다. 고등학교 때는 맨 앞줄 맨 오른쪽이다. 언제나 맨 가에 있는 것이다. 무리 속에 끼이지 않고 무리에서 일탈하려는 의지가 역력하다. 이 이단의 자세가 내 평생의 자세였다.

## XXX-60
난바다에 조그만 고깃배를 띄워 놓고 혼자 낚시질 하듯 세상을 살고 싶다.

## XXX-61
어릴 적 내가 자란 섬의 물가 집 벽에는 귀스타브 쿠르베의 「시용성」 그림이 걸려 있었다.
백설을 머리에 인 연봉들이 큰 호수를 빙 둘러싸고 그 호숫가에 빨간 뾰족 지붕의 높다란 고성(古城)이 물에 발을 담그고 서 있는 이국 풍정의 그림이었다.
그 때부터 내 평생의 소망은 거대한 샤토(성관)를 짓는 것이었고 그 성주가 되는 것이었다.

## XXX-62
"선택된 인간은 누구나 본능적으로 군중으로부터 격리된 성이나 은밀한 곳을 찾는다"라고 니체는 말한다. [니체, 『선악을 넘어서』§26]
내 소원이 성주가 되는 것이었던 까닭은 내가 속세로부터 격리되고 싶었기 때문이다.

## XXX-63

젊은 시절 나의 독립 정신은 내가 태어난 섬을 하나의 공화국으로 건설하는 또 다른 공상을 하고 있었다.

섬의 안바다에 공화국의 깃발이 나부끼는 하얀 수상 도시를 세우고 섬 전체를 영세중립국으로 독립선언을 하여 따로 화폐도 발행하고 여권 없이는 함부로 들어오지 못하는 나라로 건국하는 설계를 하고 있었다.

## XXX-64

이 공상에서 깨어나면서 새로 생긴 꿈은 섬 하나의 도주가 되는 것이었다.

뒷날 이 꿈은 자그마하게 이루었다. 나는 한때나마 조그만 무인도의 도주가 되었다.

내가 도주라는 것을 자랑하면 사람들은 다 흥분했다.

산초 판사도 섬을 하나 주겠다니까 얼른 돈키호테를 따라 나서지 않았던가.

나폴레옹도 젊은 시절 그의 출생지인 코르시카섬의 왕이 되는 것이 꿈이었다.

## XXX-65

섬은 성이다. 섬은 그 자체가 하나의 성이다. 성주 대신 도주였다.

성은 섬이다. 성은 그 자체가 하나의 섬이다. 내가 샤토를 짓고 싶었던 것은 섬을 갖고 싶어서였다.


## XXX-66

자유주의자는 낭만주의자다.

낭만은 몽환적인 것이고 낭만주의자는 몽상가다.

나는 꿈꾸는 로맨티시스트다.


## XXX-67

나는 커다란 바위가 공중에 구름처럼 둥둥 흘러 다니는 르네 마그리트의 초현실주의 그림을 좋아한다.


## XXX-68

나의 자유주의는 바다가 기른 것이고,

나의 낭만주의는 수평선이 기른 것이다.


## XXX-69

수평선은 현실과 꿈의 접경이다.

낭만주의가 현실에서 도피하여 미지의 세계를 동경하는 것이라면 수평선 너머에 나의 꿈이 있었고 나의 그리움이 있었다.


## XXX-70

나는 사향지수(思鄕指數) 또한 유난히 높다.

내게 사향은 하나의 종교요 귀의다.

낭만주의는 현재에서 도피하여 자꾸 과거로 회귀하려는
역사성이 있다.

## XXX-71

나는 해발 0미터에서 태어나 360도의 바다 중심에서 자란
사람, 육지에서 자란 당신과는 고향의 좌표계가 다르다.

## XXX-72

나는 이 세상 누구보다도 가장 바다 가까이에서 자랐다.
집 툇마루 앞이 좁다란 길이었고 길의 축대 밑이 바다였다.
밤마다 밀려오고 밀려가는 물결 소리를 자장가 삼아 잠들
었다. 그 해조음의 리듬은 지금까지도 귓전에 철썩이며 내
인생의 보조(步調)가 되어 왔다.

## XXX-73

바다는 길 없는 길이요, 섬은 길의 집이다.
섬에서는 새벽마다 장엄한 출항이 있다.
젊은 날의 나의 애송시는 박용철의 「떠나가는 배」였다.
"나두야 간다 / 나의 이 젊은 나이를 / 눈물로야 보낼 거냐 /
나두야 가련다"

**XXX-74**

섬에서의 나의 성장은 지느러미를 기르는 과정이었다. 꼭 성년이 되던 해 마침내 지느러미가 다 자란 소년은 섬을 떠났다.

떠나가는 배는 아프다.

선창과 배에서 서로 맞잡은 오색 테이프가 멀어지는 배와 함께 한 가닥씩 끊기는 아픔을 가지고 나는 내가 자란 섬을 떠났다.


**XXX-75**

대학에 입학했을 때 신입생 상견례에서 나는 이렇게 자기소개를 했다.

"나는 이장이 제일 어른인 작은 섬에서 국민학교 과정의 강습소에 입학했습니다. 면사무소가 있는 좀 더 큰 섬에서 국민학교를 졸업했습니다. 군청 소재지인 육지의 읍에서 중학교를 다녔습니다. 도청 소재지인 큰 도시에서 고등학교를 마쳤습니다. 이제 수도 서울에서 대학에 입학했습니다. 대학원은 세계의 수도로 갈 것입니다."

리-면-군-도-수도로 이어지는 우리나라 행정 단위는 내 진학의 사닥다리다. 세계 문화의 수도 파리에서의 체재 8년은 실로 나의 대학원이었다. 한 칸 한 칸 오를 때마다 시야가 넓어지는 층계를 등반하듯 용케 밟고 올라갔던 것이다.

## XXX-76

섬을 떠나 뭍으로 올라온 섬뚜기의 행적을 묻는가.

나는 우리나라 각급 행정 기관이 주는 문화상의 4관왕이다. 국-시·도-시·군-읍·면 단위마다의 상을 모조리 수상했다. 프랑스 정부의 국가공로훈장까지 합치면 5관왕이다.

내 진학의 사닥다리를 역순으로 내려오면서 칸칸이 받은 꽃다발이었다.

나의 스타트라인이 가장 낮은 섬이 아니었으면 이런 개가의 도약은 없었을 것이다.

## XXX-77

고향을 떠나 세계를 다 돌아다니고 나니 이제 더 갈 데가 없다. 고향밖에는.

## XXX-78

바다의 수평선 너머에 미지의 대지가 있었고,

대지의 지평선 너머에 그리운 바다가 있었다.

## XXX-79

나는 돌아가리라. 내 떠나온 곳으로 돌아가리라. 출항의 항로를 따라 귀항하리라.

바람 가득한 돛폭을 달고 배를 띄운 그 항구에 이제 안식하는 대해의 파도와 함께 귀항하리라.

어릴 때 황홀하게 바라보던 만선의 귀선, 색색의 깃발을 날리며 꽹과리를 두들겨대던 그 칭칭이 소리 없이라도 고향으로 돌아가리라.

빈 배에 내 생애의 그림자를 달빛처럼 싣고 돌아가리라.

[욕지도의『돌아가는 배』문장비 비문]

## XXX-80

해발 0미터에서 출발한 나는 해발 0미터로 귀환한다.

인생은 0이다. "자기 인생의 맨 마지막을 맨 처음과 맺을 수 있는 사람은 행복하다"고 했다. [괴테,『잠언과 성찰』]

## XXX-81

물결은 정지하기 위해 출렁인다.

배는 귀항하기 위해 출항한다.

나의 연대기는 항해일지였다.

[『돌아가는 배』마지막 구절]

## XXX-82

고향 섬의 대해가 내려다보이는 언덕에는 내 가묘가 있고 거기에 다음과 같은 비명이 미리 걸려 있다.

"나의 시작에 나의 끝이 있다(In my beginning is my end)."

[T. S. 엘리어트,「네 개의 사중주」]

**XXX-83**

해변의 묘지에서 나는 바다의 영원과 영원히 대좌할 것
이다.

## 31. 다른 사람과 다른 사람 - 나의 모토

**XXXI-1**

나의 모토:

"다른 사람과 다른 사람."

**XXXI-2**

나는 다른 사람과 다른 사람이다.

이타성(異他性, altérité) 없이 정체성(正體性, identité) 없다.

**XXXI-3**

세상에 나와 같은 사람이 또 있을 필요가 없다. 나 하나로 족하다.

나는 다른 사람과 다른 사람이라야 한다.

**XXXI-4**

루소는 『에밀』에서 "에밀은 다른 사람과 같은 사람이 되지 않을 것"이라고 말한다.

나는 에밀이다.

## XXXI-5
나의 좌우명:
"Pulchure, Bene, Recte!(아름답게, 선하게, 바르게!)" [호라티우스, 『시법』 428행]

## XXXI-6
나의 구호:
"배를 띄워라!"(Auf die Schiffe!) [니체, 『즐거운 지식』 §289]
미지를 향해 배를 띄운 콜럼버스를 존경했던 니체의 이 구호는 나의 구호이기도 했다.

## XXXI-7
내가 좋아하는 경구:
"제일이 되지 말고 유일이 되라."
"모방하지 말고 모범이 되라."
"欲知人者 必先自知(남을 알려는 사람은 반드시 먼저 자신을 알아야 한다.)" [『춘추좌씨전』 계춘기, 선기]

## XXXI-8
나의 자계명(自戒銘):
"Que ne sais-je pas?(나는 무엇을 모르는가?)"

"Que sais-je?(나는 무엇을 아는가?)"–이것은 몽테뉴의 자계명이었다.

### XXXI-9
나의 황금율:
"내가 네게 잘못한 것이 없으면 너는 내게 잘못해서는 안 된다."

### XXXI-10
나의 모두스 비벤디(생활양식)는 그 이념이 시적 리얼리즘이다.

### XXXI-11
내가 가장 사랑하는 사람:
Amo probos(나는 바른 사람을 사랑한다).

### XXXI-12
내가 좋아하는 것:
물, 자(尺), 지도, 백지, 설계도, 코스모스, 억새, 샤토(성관), 논증 기하.

### XXXI-13
내가 세상 만물을 통틀어 가장 좋아하는 것은 물이다.

물의 맛뿐 아니라 물의 성질이 좋다.

## XXXI-14

나의 가장 큰 취미는 자로 재는 것이다.

러시아의 어느 마을에 자를 가지고 모든 것을 재고 다니는 사람이 있었다. 그는 온 마을의 도로 폭이며 다리 길이며 건물 높이며 모르는 것이 없었다. 그는 마을에서 소문난 바보였다.

## XXXI-15

나는 설계도만 보면 무엇인가 짓고 싶어진다.

나는 어디서든 건축 공사 현장을 만나면 한참 동안 구경하지 않고는 그냥 지나치지 못한다.

## XXXI-16

코스모스를 본 적이 없는 섬에서 자라며 초등학교 1학년 교과서에서 '코스모스'란 꽃 이름을 처음 듣던 때의 그 아련한 이국정서.

## XXXI-17

나는 코스모스 같은 여인을 사랑한다.

## XXXI-18

나는 봄보다는 가을이 좋고, 일출보다는 일몰이 좋고, 개회식보다는 폐회식이 좋다.

## XXXI-19

나의 수학 취미는 특히 기하학, 그중에서도 논증 기하를 즐긴다. 생각의 유희다.

가령 "삼각형의 내각의 합은 2직각"이라는 이런 절묘한 명제가 증명될 때의 쾌감.

## XXXI-20

내가 가장 싫어하는 것:

긴 것, 비행기, 회의, 기계, 분냄새, 독일어, 기다림, 다방(커피숍)에서의 잡담.

## XXXI-21

내가 제일 듣기 싫은 말은 "너한테 실망했다"는 말이다. 어린 시절 어머님이 "너는 안 그럴 줄 알았는데……"라고 했을 때 죽고만 싶었다. 나는 내게 기대를 가지라고 누구에게도 말한 적 없다.

## XXXI-22

또 내가 듣기 싫은 소리는 한창 일에 집중하고 있는데 밥

먹으라고 부르는 소리다.


## XXXI-23

내가 가장 싫어하는 낱말 하나는 'No'다.

나는 모든 부정사(否定詞)를 거부한다.

길을 물을 때 "모른다"는 사람, 일을 시킬 때 "안 된다"는
사람, 내 의견을 말할 때 "반대한다"는 사람을 참지 못한다.

"Pour peu qu'on le contrarie, il devient agressif."(누가
그를 거역하기만 하면 그는 발끈한다.)

불한사전에 나와 있는 이 예문은 나를 통역한 것이다.


## XXXI-24

내가 가장 미워하는 세 사람이 있다. 거짓말쟁이, 배신자,
얌체.


## XXXI-25

내 말을 가장 안 듣는 것이 세 가지 있다. 컴퓨터와 비닐과
하나님.

컴퓨터는 내 손만 닿으면 발광하고, 비닐은 내 손으로 찢으
려면 힘이 장사가 되고, 하나님은 내가 찾으면 뒤돌아선다.


## XXXI-26

나는 기계와 잘 싸운다. 컴퓨터와도 걸핏하면 싸운다.

나는 컴퓨터의 말을 알아듣지 못하고 컴퓨터는 내 말을 알아듣지 못한다.

우리 딸의 말이 내가 컴퓨터를 사랑하지 않기 때문이요, 컴퓨터의 입장을 생각해주지 않기 때문이라고 한다.


### XXXI-27
내가 약한 것이 두 가지다. 스포츠와 음악.


### XXXI-28
스포츠는 나를 절망시킨다.

어릴 때 친구들이 나를 보고 공을 앞으로 던지면 뒤로 날아간다고 흉을 보았다.

가끔 꿈속에서 골프를 치면 그때마다 공이 찹쌀떡처럼 물렁물렁하다.


### XXXI-29
나는 스스로 위안한다.

처칠은 학생 시절 운동에 전혀 취미가 없었고, 아인슈타인도 체육 시간이 질색이었다,

반면에 히틀러는 체육 성적이 '수'였다.


### XXXI-30
나는 기계적인 것이 싫다.

나는 잘 길들여지지 않는다. 스포츠는 기계적이다. 그래서
운동이 서투르다.


## XXXI-31

내가 올림픽에서 가장 즐겨 관람하는 종목은 육상경기다.
어느 체육인이 이런 내 말을 듣더니 "진짜 스포츠맨이네"
했다.
모든 예술은 바탕이 시이듯이 모든 운동은 기본이 달리기라
는 말이다.


## XXXI-32

나는 음치다. 학교 다닐 때 내 체육과 음악 점수는 늘 70점
대였다.
덕택에 천만다행히도 학업 성적이 1등을 하지 않을 수 있
었지만.


## XXXI-33

세상에 나와 보니 내게 가장 아름다웠던 것은 무엇이던가.
미모사꽃 한 송이인가, 샤반의 그림 한 폭인가, 베를렌의
시 한 구절인가, 슈베르트의 가곡인가, 미녀인가.
나는 고향의 중학교에서 섬 학생들에게 특강을 하면서 말
했다.
"세상에서 가장 아름다운 것은 수평선이다."

**XXXI-34**

수평선 말고도 내게 아름다운 것은 또 있다.

밤바다에 뜬 달, 대하의 흐르는 물소리, 아주 많은 것, 결혼
반지 낀 어머니의 손가락, 텅 빈 성당에서의 외로운 기도,
옛 일기장, 수학의 공리 ······

**XXXI-35**

나는 명예 시인이요, 명예 배우다.

내 문화의 기조는 시와 연극이다.

내 문화를 키운 것은 바다와 아버지와, 그리고 서정주와 이
해랑이다.

**XXXI-36**

내가 꼭 만나보고 싶은 세계 역사상의 인물은 진시황이다.

그의 만리장성과 아방궁 같은 장대한 스케일이 부럽다.

**XXXI-37**

자유주의자로서 내가 존경하는 인물은 르네상스기의 대표
적 인문주의자 에라스뮈스다.

그는 그의 묘비명에도 새겨진 모토가 "concedo nulli(나는
아무와도 타협하지 않는다)"이고 좌우명이 "나는 아무에
게도 속하지 않는다"이던 독립불기의 자유인이었다. 그는

또 각국을 유랑하며 어디로 가나 거기가 고국인 세계인이
기도 했다.


**XXXI-38**

우리나라 역사상의 인물 중에서는 나는 생육신의 하나인
김시습(金時習)에 절한다.

그는 신동의 재주가 있으면서 벼슬을 일절 하지 않고 평생
세상을 희롱하며 세상 밖을 방랑한 반항인이었고, 시를 써
서는 물에 띄워 흘려 보낸 선인(仙人)이었다.


**XXXI-39**

내가 선정한 한국 문학의 베스트:

시–진달래꽃(김소월)

소설–메밀꽃 필 무렵(이효석)

희곡–동승(함세덕)

세 작품에 공통점이 있다. 리리시즘이다.


**XXXI-40**

내가 가장 즐겨 읊는 우리나라 시조 한 수는 『청구영언』의
맨 첫머리에 실린 「오늘이 오늘이소서」이다.

"오늘이 오늘이소서 매일이 오늘이소서 / 저물지도 새지도
말으시고 / 새려면 늘 언제나 오늘이소서"

## XXXI-41

내가 가장 애독하는 책은 사전이다.

## XXXI-42

내 문체를 길러준 책이 두 권 있다.
-라로슈푸코의『잠언과 성찰』
-니체의『차라투스트라는 이렇게 말했다』

## XXXI-43

평생을 통해 스승다운 스승이 없던 내게 스승이 있다면 니체다.

니체는 다른 사람과 다른 사람이었다.

누이동생 엘리자베트의 회상기『젊은 니체』에 의하면 니체는 어릴 때부터 극히 꼼꼼하고 조심스러웠으며 곧잘 생각에 잠긴 소년이었고 다른 아이들과는 전혀 다른 독특한 생각을 가지고 있었다. 그는 무엇보다도 편언척어(片言隻語)를 아끼는 애어가(愛語家)였다.

나는 니체와 같은 별자리 아래에서 태어났다. 생일이 같다. 니체의 사거 100주기가 되던 해인 2000년 그의 기일날(8월 25일) 아침 나는 독일의 바이마르로 그가 숨을 거둔 마지막 집을 찾아가 그에게 경배했다. 내가 첫 방문객이었고 뜻밖에도 나 외는 아무도 없었다. 마치 니체를 아는 사람은 세상에 나밖에 없는 듯이.

**XXXI-44**

내가 태어나고 싶은 곳:

내가 한국에 태어나지 않았더라면 에게해의 대리석 조각
같은 고대 그리스 시민이 되고 싶다.

**XXXI-45**

나의 마지막 인사:

내 마지막 날에 나는 이 세상 속물들과의 결별에 축배를 들
리라.

**XXXI-46**

내가 마지막 먹는 것은 물이리라.

내가 마지막 보는 것은 거울이리라.

나의 마지막 말은 "어머니"이리라.